# 沉睡的笑臉貓

MEOW

終燦——著

楔子

他是個奇怪的人。

他像是隻笑臉貓，臉上總帶著一張笑臉，看似親近而實際卻令人捉模不定，時而溫柔、時而神祕、時而輕浮、時而調皮……

不知是他太聰明還是自己太愚蠢，偶爾她會覺得自己就像是個被貓咪玩弄在貓掌中的玩具。然而明明覺得他討厭，卻還是被他那股獨特氣質給吸引，不自覺的就想主動靠近他。

可是他卻總來無影去無蹤，想找他的時候連半個人影也沒瞧見，結果不一會兒又默默出現在你面前。

他說他們兩個人是朋友，他很瞭解她，但她卻對他的一切幾乎一無所知。

直到那一夜，她無意間撞見了埋藏在他那神祕眼眸中的淡淡憂傷。

「因為老天爺讓妳知道了我的祕密，所以我也不打算饒過妳。」

他如此說道，臉上依舊是那張讓人甘願陶醉在其中的笑臉……

# Chapter 1
# 傳說與暗戀對象

將剩餘的劇本台詞整理好後，溫日晚起身泡了壺咖啡，然後披上椅邊那件陪伴她已久的褐色大衣。

「我說學妹……現在才剛十月初而已妳就穿成這樣，我都還在穿短袖短褲咧，妳也太怕冷了吧。」韋薇一屁股坐上桌面接著喝了口咖啡，長腿交疊。

被看得有些尷尬，溫日晚揹起背包，羞窘地乾笑道：「沒辦法嘛，我真的很怕冷。」

「小心別感冒。」她豪邁地將一旁的筆電搬到自己的腿上開始敲敲打打。「快回家吧，別逗留太晚，小心……會撞鬼喔。」

韋薇平時總愛講些鬼故事嚇人，因此溫日晚也早已見怪不怪了，她嘴角微彎，漾起一抹甜笑：「那……我先走囉。」

「拜。」韋薇也抬手示意。

走出學生會辦公室後溫日晚望了眼手機，見約定時間差不多到了於是她趕緊步下樓梯，然後站在其中一根圓柱旁等待沈眠。

冬日冷風若有似無的拂過溫日晚的臉頰，等著等著，她不自覺蹲下將身子縮成一團，思忖著要不直接去買個暖暖包。

五分鐘過了沈眠還沒來，溫日晚開始有一搭沒一搭地哼起歌，哼到副歌時忽然聽見一陣微弱模糊的吉他聲。

這聲音似乎是從二樓傳來的……對了，二樓有音樂教室。

仔細一聽，吉他聲與她方才哼的歌曲似乎是同一首，她搖頭晃腦的繼續輕哼。

半晌，吉他聲像斷了線般戛然而止，然後沈眂出現了。

「溫日晚妳是怎樣？幹嘛縮得跟顆球似的。」

沈眂惡趣地踢了下她的小腿，溫日晚傻笑兩聲然後站起來。

走往停車場的途中，沈眂說她想喝飲料於是兩人便彎進了學生餐廳。

「不是說在減掉十公斤前連一滴飲料也不會碰嗎？」站在櫃檯旁等待叫號時，溫日晚偷笑揶揄，

「熱量……」

「所以我才點現榨果汁。」沈眂裝傻的聳聳肩。

其實溫日晚覺得她的身材已經足以媲美模特兒了，長得漂亮又對穿搭很有一套，一頭黑長髮更顯得她的肌膚雪白無瑕，若再少了十公斤反而會成了缺點。

她想，相比之下，那個該減掉十公斤的人應該是自己才對。

假設沈眂是花園中的美豔玫瑰，那她就是角落的綠葉，平凡得不會讓人留下任何印象。

「好可怕喔，原來學校曾經發生過這種事。」

「幸好我們不住宿舍，就不用每天經過了……」

一旁同樣等飲料的兩個女生或許是聊到忘我，她們交談的音量大到令溫日晚都能輕易聽見。

下午五點半，停車場特別寂靜，機車格空了好一大半。

「剛才那兩個人說的話妳有聽到嗎？」

當溫日晚準備將鑰匙插入鑰匙孔時，一旁的沈眠開口問道。

她點頭。事實上她還蠻好奇的。

「看妳的表情……妳不知道這個傳聞？」沈眠腿一跨帥氣地坐上機車椅墊。見溫日晚睜著杏眼一臉問號，她便開始娓娓道來：「這個傳聞是我從我直屬那裡聽來的……」

傳說中，以前曾有個一年級的女生很喜歡、很喜歡當時是學生會會長某個學長。但那個學長已經有一個交往多年的女友了，結果沒想到那個女生竟然跑去介入他們的感情。

惡人始終有惡報，沒多久後這場三角戀終於浮出檯面，正牌女友果斷與學長分手，那個女生的朋友們對她失望透頂憤而離她遠去，其他人也對她指指點點，各種難聽字眼都有，然後那個學長也跟她分手了。

後來……那個女生受不了被分手的情傷還有外界的指點批評，某天忽然獨自一人走到某棟教學大樓的頂樓，然後一躍而下，當場死亡。根據當時在現場的人表示，躺在血泊中的她一對眼睛睜得大大的，彷彿在瞪著誰一樣……

當時這件事被校方極力封鎖消息，幾乎所有媒體都渾然不知，僅僅只有被地方新聞小篇幅報導而已，後續的處理也極為低調，一些親眼看見事發經過的學生也被心理輔導了好一陣子。最後據說當時警方是以單純的自殺結案，所以這件命案也就這樣低調地結束了。

只是，當這件事漸漸被眾人遺忘後，某天晚上有個剛打完工正走回宿舍的女生恰巧經過那棟大樓，結果卻忽然聽見一道哭聲，她雖害怕但還是四處張望了下，最後她抬起頭……發現竟然有人站在頂樓！

那個人身上的白洋裝沾著怵目驚心的血跡，嘴角不符人體工學的上揚，流著血的雙眼死死地盯著她……

結果那個女生因為驚嚇過度而昏厥倒地，幸好警衛伯伯正巧巡邏經過發現才趕緊送往醫院。後來，大部分的人都覺得根本是鬼扯或自己眼花但也有人深信不疑，畢竟都被嚇到送醫院了，結果……大家以訛傳訛、眾說紛紜，漸漸流傳至今，是真是假誰也不清楚。

從此以後，校園裡便流傳著一個傳聞……某棟教學大樓徘徊著因情傷而死不瞑目的女鬼。

當入夜後儘量別在那棟大樓停留，也不要在附近逗留太久，甚至最好也別經過，因為你也許會遇見那個當時跳樓自殺的女生站在頂樓，她會靜靜地看著你，混著血跡的笑容令你感到毛骨悚然……

尾音輕輕落下，不知不覺，停車場瀰漫著一股死寂淒涼。

「聽我直屬說，那時他系上的學姊告訴他那棟大樓在後來曾被短暫封閉，還把頂樓加強整修了一番，不久後又增加了幾間音樂教室啦社團教室等等，說是要鎮壓一些陰氣。」沈眡又道。

難怪曾經當有人說要留在辦公室熬夜趕工時，韋薇學姊總是不肯，他們問為什麼，她卻僅是重複不可以，要趕就帶回家趕。溫日晚不由得心想。

「會長拜託啦，我們不會亂來，我以我這次期中考能不能All pass保證！」

「妳們難道沒聽說最近這一帶晚上有變態出沒嗎？」

「沒那麼衰啦，我有防狼噴霧。」

「那妳們不知道……學校有靈異事件嗎？」

「怕什麼，幽靈再可怕也不會害人啊，而且有我這個壯漢在，要是真出現了我就把它抓起來。」

「很盧耶你們，不行就是不行。」

溫日晚記得韋薇曾表示自己並不相信鬼怪這類不科學之事，那她又怎麼會如此在乎這個傳聞呢？然而這時她又冒出另一個問號：「為什麼大家都只將矛頭指向女生，卻沒人指控那個學長也有問題？」破壞他人感情的第三者的確錯得離譜，但一個巴掌是拍不響的。

沈眠聳肩，從口袋掏出豆沙色唇膏對著後照鏡補妝。「可能也有吧，因為那個學長最後似乎也休學離開了，反正就是場鬧劇。婊子配渣男，天長地久、天作之合。」

沈眠的嘴巴有時挺毒的，但又一針見血。

開學那天，溫日晚不太敢主動與人攀談，所以幾乎都是一個人孤零零地待在座位。

沈眠說她這是屬於慢熟類型的人。而沈眠就不一樣了，才短短一個上午就和大半的同學混熟。

溫日晚是羨慕並崇拜她的，崇拜她的活潑外向、羨慕她那彷彿生來就該站在人群中央閃閃發亮的氣質。

這讓溫日晚想起國中時班上某個要好的女同學曾對她說過這麼一段話：「我一直覺得妳的個性很善良又隨和圓滑，不會隨便亂發脾氣，對別人很好，大家都喜歡妳，所以跟大家都是朋友。」

當下溫日晚有些意外，有一種「啊！沒想到我是一個這樣的人。」的感覺。

縱使畢業了，她們也早已不再聯絡，但溫日晚依然永遠記得她所說的每一字，即便她幾乎快忘了她的臉顏。

然後，直到某一天沈甿忽然對她說：「溫日晚，妳是爛好人嗎？總覺得妳從來沒有拒絕過人。」一霎時間，溫日晚停止書寫的動作，一陣強風颳進教室，紙張胡亂飛舞之際，不知為何，她悠悠憶起那曾經熟悉可如今卻疏遠的男孩。

那個男孩有雙桃花眼，他皺著眉一臉奇怪，問她為什麼她好像什麼事情都會答應。

「有嗎？」

「有。」他拍打著籃球，額際攀著幾滴汗珠。「那我叫妳幫我贏得下星期籃球盃的冠軍妳會答應嗎？」

「可是我不會打籃球……」

溫日晚開始思考，似乎真有這回事。

例如，以前某個桌上總擺滿零食的男同學問她可不可以幫他寫罰寫，因為他還有補習班的英文功課要做，溫日晚想了一下，反正也閒閒無事便說好、那個經常綁著高馬尾的女同學問溫日晚能不能跟她交換學藝股長，因為她說當學藝股長好累，溫日晚想了一下，反正學期末時幹部都會記嘉獎所以她也說好。

大家都是同學，有什麼不能互相幫忙的？

只是這一瞬間，當她看著沈甿的臉，某個片段忽然之間朝她襲來……

那天溫日晚因為吃壞肚子十分難受而拒絕了某個女同學，結果她卻不高興地將溫日晚桌面上的考卷搶走，然後抱怨：「妳怎麼這麼小氣，幫忙解答一下又不會怎樣，考一百分了不起喔！」

女同學說完後就離開了，當下溫日晚沒想太多，只奮力按捺著腹部絞痛，在鄰座同學的陪同下到保健室休息。

後來當她躺在病床上時，望著那有些老舊的吊扇，她突然覺得胸口悶悶的，有點難過。

「有時候適當地拒絕他人並不是壞事，因為妳沒有任何義務。」沈眽說。

沈眽告訴溫日晚，她的哥哥姊姊曾說過她很擅於觀察他人，起初她不以為意，但漸漸地發現好像真是這樣，所以她發現溫日晚有一個缺點——她很不懂得拒絕他人。

雖然這樣並沒有犯錯，可是久而久之卻會被當成理所當然甚至是會讓那些不懷好意的人變本加厲。慢慢地，假設有一天你拒絕了，搞不好反而還會被對方責怪。聽來殘酷，卻是事實。

「這世上沒有人是不自私的，但如果總一味地對他人好，漸漸地，妳會連自己真正想要的東西是什麼都搞不清楚。」

溫日晚聽著沈眽的話語，不知怎地，她的心湖彷彿被一陣暖風晃過輕輕泛起了小漣漪。

「溫日晚妳思春喔？」

突然間，沈眽用力搭上溫日晚的肩膀，溫日晚回過神般眨了眨眼眸，她下意識地側過頭，嗅到了抹淡香，是沈眽最喜歡的那款香水。

「晚上要不要去嗨一下？」

停等紅綠燈時，沈𥃵拉開安全帽面罩朝溫日晚問道，竊笑聲隔著口罩悶悶地傳來。

「去哪裡？」溫日晚也拉開面罩。

「跟姊走就對了。」沈𥃵彎起眉眼，模樣活像是在搭訕學妹的學長。

於是，晚間十點四十五分。原本這個時間點溫日晚應該正躲在被窩裡和周公下棋，但此刻的她卻突兀地站在位處鬧區的某間夜店裡。

五光十色的招牌外牆上有串霓虹手寫風的英文字母：Poker face rose，這是夜店的名字。

迷幻絢爛，夜夜笙歌，紙醉金迷，頭暈目眩，膽戰心驚。這是溫日晚目前對於身處之地所感受到的想法。

「小晚……喔、在這啊，別走丟了，跟我來。」一頭藍紫捲髮的韋薇勾住溫日晚的胳臂，熟門熟路地領著她擠進人潮滿溢的舞池中。

人們相依相偎、相擁相吻，跟著音樂舞動身姿。

但溫日晚卻有種好像不小心掉進擠滿沙丁魚的電車裡，她側頭望去，距離約三人遠的沈𥃵正笑得滿懷，依偎在某個左耳打了耳骨的時髦男子身旁。

其實起初溫日晚並不想來，因為她對夜店沒有太大的興趣。

但沈𥃵不斷遊說她、慫恿她，還任性地說要是這次不陪她一起去就不當她是朋友，甚至還開大絕跑來溫日晚的租屋處，侵門踏戶直接一屁股坐上她的床。

「不要——坐！」溫日晚即刻伸手，卻仍來不及阻止。

「妳有潔癖喔？」沈眠姿態優雅地將雙腿交疊，撐著下巴，模樣很是故意。

「算了。」她摸摸鼻子，無奈地拿起吹風機繼續吹乾頭髮。

「所以啊，妳就陪我去咩。大學生活就是該好好瘋一下啊！」

透過梳妝鏡，溫日晚看見沈眠邊說邊從包裡掏出一瓶酒紅色指甲油，接著慢條斯理地開始塗抹食指。

「人生得意須盡歡，莫使金樽空對月。所以我們得遵從李白爺爺的話呀。」沈眠說得頭頭是道，只有在這時才有點中文系的樣子。

「可是這樣很奇怪耶，我不認識他們、他們也不認識我。」

「那又怎樣，我也不認識啊。」

沈眠說雖然是聚會，但也不過只是一個人找另一個人，反正大家都不認識，交交朋友也無傷大雅，又說了誰誰誰找了表藝系某個超帥的學長、誰誰誰找了英文系某個美女同學……

接著沈眠無意間提到韋薇的名字，溫日晚這才發現原來她們以前讀同所國中。

「我記得她是學生會會長吧，那妳就認識啦。」沈眠噘起唇吹了吹食指。

後來，在大野狼沈眠的積極之下小綿羊溫日晚只好脫下睡衣及小熊拖鞋，好不容易梳直的頭髮也被她用電棒捲了幾個彎。

「妳就沒有像樣點的衣服嗎？這些款式都太保守了吧？」沈眠頓時化身成名模生死鬥的魔王老師，

她雙手環胸，對她的衣櫃不甚滿意地直搖頭，「我發現妳母胎單身的原因了。」

「……也不是所有男人都喜歡看女人露這露那的啊。」溫日晚咕噥反駁，而且她很怕冷耶。

「但如果妳不懂得展現自己的魅力就只能永遠窩在棉被裡可憐地看著別人曬恩愛。」沈眽眼神犀利。

溫日晚識相地閉上嘴繼續從她那宛如無底洞的化妝包中找尋她指定的那隻紅色唇膏。最後沈眽撈出一件白色大學T，溫日晚訂錯尺寸所以它的版型偏大，穿上後袖子還露出一截，就像小孩偷穿大人的衣服。

「將就一下吧。」沈眽嫌棄地將衣服扔給她，又摸出一件黑色短裙。

「這樣我好像沒穿褲子的變態……」溫日晚望著鏡中的自己，乍看之下全身只掛著大學T，說好的短裙怎麼失蹤了？

「這叫小性感好嗎？」沈眽白了她一眼，接著蹲在鞋櫃前東翻西找，「平底鞋、球鞋、拖鞋……就是沒有跟鞋，妳到底是不是女的啊？」她轉頭朝溫日晚怒吼。

溫日晚俏皮地眨眨圓眸，試圖緩緩她的脾氣，「穿球鞋不能入場嗎？」

沈眽沒有回話反而逕自走出屋子，接著不到兩分鐘又回來，她將高跟鞋塞給溫日晚。

「還好我夠聰明，知道妳一定沒有所以多帶了一雙。」她鼻子翹得老高，「套上吧，我幫妳畫點妝，保證讓妳成為今晚的女神，然後擄獲一大堆帥哥！」

結果擄獲一大堆帥哥的可是沈眽自己呀。

在迷幻燈光下，沈䀹比起平時更添增一股魅惑，連身為好友的溫日晚都不禁稍稍閃了神。

最前方掛著耳機的DJ隨著節拍不斷揮舞著手，震耳欲聾的音樂炸得溫日晚一震一震，心臟跳得劇烈，眾人宛若皆深陷於那迷幻燈光與紙醉金迷中。

明明互不相識，卻能自在地肌膚相貼、擁抱接吻，彷彿這裡的一切就該如此進行。

「Hey，妳是外國人嗎？」忽然間，溫日晚的耳邊忽地傳來一股熱氣，同時背脊貼上一道厚實，還來不及轉頭，那男人就率先摟上她的腰，太過昏暗根本看不清他的臉。

「……不是。」溫日晚扯了扯嘴角，防禦機制開始運轉，她下意識地開始思考著該如何脫身。

「哈哈，是喔，我還以為妳是韓國人，還在煩惱該怎麼開頭才好，妳真的很可愛耶，要不要……一起玩？」男人說著，臉顏離她越來越靠近，下一秒溫日晚感覺她的唇好似撫過一縷溫潤，一驚，她用力推開他，然後逃亡般的鑽過人牆對正享受於節奏中的韋薇說了聲要去洗手間。

「我跟妳去。」韋薇說。

「我自己去就行。」溫日晚趕緊婉拒，她知道韋薇正玩得開心。

「確定？」韋薇又道，畢竟她第一次來，人生地不熟的，況且嚴格來說這兒也不是多麼安全的地方，但見溫日晚仍執意，她只好妥協：「那妳一個人小心點，趕快回來。」

溫日晚點點頭，接著便轉身穿過黑壓壓的人群，落跑般的一路走向空曠地帶。

媽呀，她真不喜歡這個地方。

後來，溫日晚隨意東晃西晃，她彷彿是一隻小綿羊誤闖了狼群棲息的森林中，迷茫無措。

晃著晃著，不知不覺她走進了一個與方才稍稍截然不同的空間。

這裡依舊迷幻絢爛、依舊燈光昏暗，但整體氛圍卻令她不再感到壓迫，儼然是座世外桃源。

最前端的舞台上有一個男人。紫色、紅色、黃色等等交會而成的無數光點輕輕灑落在他周圍，他坐在高腳椅上，懷中抱著一把木吉他，神色慵懶地徜徉於音樂之中。

男人自彈自唱，歌聲與吉他聲完美交融，眾人隨之相擁起舞抑或是跟隨節奏搖晃。

他的歌聲帶著一股如湖水般的清澈與如日光般的溫潤，柔情得讓人忍不住深陷其中，眼眸中的深情令人甘願為他心醉。

整體畫面美麗得彷若宇宙般耀眼奪目，連一眨眼的時間也捨不得，只希望能一直享受這心醉。可能浮誇了點，但此時此刻的溫日晚竟真心如此認為。

等她回過神來後才發現她不知不覺坐上了一旁吧檯的高腳椅，身子一側，右手不小心碰到一杯澄黃色調酒。

「本店招待。」

留著小鬍子的酒保大叔低眸擦拭著玻璃盤突然說，溫日晚左右張望，兩旁都沒人，酒保大叔察覺到她的行為於是抬起頭，微笑輕道：「今日女性顧客皆享有免費一杯特調。」

「謝謝。」溫日晚有些尷尬，趕緊莞爾回應。

「他唱歌不錯聽對吧。」酒保大叔忽道，溫日晚一時之間愣了數秒才意會到是在說舞台上的那個男人。

「他是歌手嗎？」她點點頭，不過話語才一出，她才發現問了個蠢問題。

「他才二十一歲，加入不到一年就竄升為本店的招牌歌手，常有觀眾埋伏在門口，就是為了能和他拍照留念。」酒保大叔面帶些許驕傲地摸了摸自己的鬍子。

接著，酒保大叔又意味深長地將目光望向舞台，漠然片刻才道：「但妳不覺得他整個人看起來……根本沒有靈魂嗎？」

聞言，溫日晚不明白酒保大叔的意思，她朝那男人望去，豎起耳朵仔細聆聽……「我只覺得他的歌聲有種會讓人想一直聽下去的感覺。」溫日晚喃喃回答。

酒保大叔沒有給予解答，僅是露出一抹神祕兮兮的淺笑，隨後便轉身離去。

霎時，溫日晚的心頭彷彿被撓了癢，就像是你滿懷緊張興奮坐上雲霄飛車，好不容易爬升至頂端即將進入最刺激的地方時雲霄飛車卻卡在半空中，不前不後。

「總算找到妳了！妳是跑去美國的洗手間喔？」登時，溫日晚還來不及細想身旁就響起韋薇的聲音。

「抱歉，我沒注意到時間。」溫日晚亮起手機，已經午夜十二點了。

「真的要揍妳屁股。」韋薇敲了下她的額頭。

「沈眽呢？」溫日晚淺啜了口調酒。

「不知道，我剛才還看到她的——」

只見韋薇撐起頭四處張望了會兒，卻突然間定格在原地，臉顏瞬間閃過一絲訝異。

「這是今晚最後一首歌，獻給在場的所有朋友，謝謝你們陪我度過這個夜晚。」舞台上的男人手握著麥克風柔聲朗道。

溫日晚收回視線，而韋薇的目光依舊擱在那男人身上，她不禁好奇：「學姊，妳還好——」

「找到了，沈眽在那裡。」韋薇驀然道，溫日晚順著她指的方向望去，沈眽隻身站在人群中，側顏被鍍上一抹迷幻，那神情是她從未見過的專注。

沈眽站在那裡多久了？

不久後，離開前沈眽說她想吐，於是韋薇便陪她到洗手間，而溫日晚先行至夜店對面的超商買些熱湯，打算等會兒能讓她們解解酒暖暖身子。

冷風直吹，捧著關東煮的溫日晚才剛步出超商就無意間就瞧見那個男人揹著一把吉他站在夜店門口。

他好像和門口的兩名壯碩黑衣人說了什麼，他們忽地哈哈大笑，三人又交談了會兒，那男人便離開了。

那男人站在斑馬線旁，身形高瘦，在這冷風吹拂的夜晚中只穿了件黑色大衣，裝扮簡約乾淨，彷彿有種從韓劇走出來的男主角的錯覺。

不知道他的後腦杓是否有長眼睛抑或溫日晚其實擁有超能力，小綠人開始散步，男人在行進間微微偏頭不偏不倚看了溫日晚一眼，那瞬間她有股墜入冰河裡的冷意。

我做了什麼嗎？溫日晚滿頭問號。她承認盯著陌生人看的確不太禮貌，但她也只盯了短短三秒鐘而已呀！

這件事沒有被她放在心上太久，隔天一早溫日晚一如往常套上運動鞋前往附近的公園慢跑。

跑了一個小時後溫日晚回到租屋處，正走上樓梯時恰巧遇見房東正在大門旁澆花。

「阿姨早安。」

房東聞聲轉頭，親切回道：「日晚早安，年輕人就是年輕人，一大早就去運動很健康喔。」

溫日晚傻笑兩聲，視線望向花圃的玫瑰，朵朵嫣紅上沾附著點點水滴，令她不禁讚嘆：「好漂亮。」

「玫瑰的花期是秋末至春初，不過其實一年四季都能種植，但它們還是喜歡較為寒冷的氣候。」

「原來，我對玫瑰不太瞭解，只知道它的花語似乎有很多，最熟悉的就是愛情。」

「是呀，玫瑰能代表一個人的愛情。」房東的眼角柔柔地流瀉一抹甜蜜與思念，「我先生向我求婚時送了一束九十九朵的玫瑰，帶回家後根本沒地方放，不過也成了我倆的習慣，每逢重要紀念日都會送彼此一朵玫瑰，即使他過世之後我也還是戒不掉……」

下一秒，房東突兀地轉了個話題，表情充滿了少女心，「對了，不久後妳隔壁會有人搬進來，跟妳同所大學喔！長得帥又有禮貌，真是隻可愛的小鮮肉……」

「我知道了。」溫日晚莞爾，開始在心裡祈禱希望是個好相處的鄰居。

幾天後，結束四堂昏沉的課，溫日晚與沈眠一如往常至學生餐廳用餐。

「我跟妳說……」沈眠忽然放下優酪乳，神祕兮兮地啟口。

「嗯？」溫日晚舀起一口沾滿半熟蛋的白飯。

「聽了可別嚇到……我發現我有喜歡的人了，而且我只見過他一次。」

溫日晚瞠大眼。噢，她的確有點嚇到了。

「妳是不是覺得我自打臉了？雖然我曾誇口對談戀愛這種事沒興趣，所以沒事也不會陷進去，但……誰知道就突如其來出現了嘛。」沈眠傲嬌的模樣有點可愛。

也許是外表或個性的緣故，起初溫日晚對沈眠的第一印象是對談戀愛拿手的女孩，才開學不到兩星期就有學長告白，也有許多女同學找她解惑關於感情方面的問題。

直到某天她們吃下午茶時無意間聊起戀愛的話題，溫日晚這才曉得原來沈眠本身對這壓根兒沒興趣，沒什麼特別因素，就只覺得麻煩。但倒也不是完全沒經驗，高中時沈眠曾和某個男孩交往過，而最後兩人因為無聊的芝麻小事結果就分手了。

會瞭解這麼多其實是因為哥哥姊姊們的緣故，時不時會把她當戀愛垃圾桶，母親更是一名心理醫師。

「大學有三大學分必修：學業、社團、戀愛，我猜戀愛學分我肯定會被死當。」當時沈眠無所謂地笑笑。

「所以這樣就是……」溫日晚喃喃：「一見鍾情？」

沈眠與平常有些反差的羞澀點頭，但下一秒又像要辯證什麼般地低吼：「我明明不相信一見鍾情這種天方夜譚，哪有人初次見面就愛上對方，根本只存在於小說裡。」

「可以問是誰嗎？」溫日晚忍住笑。

「就是那天去夜店看到的歌手。」沈眠從容坦率地道，她托著下巴，「也可能只是一時欣賞造成的錯覺啦。」

溫日晚拉開腦中的記憶抽屜，當時的畫面已模糊不清，但那男人的身影卻悠悠顯現。

「原來是他。」

「所以，妳不覺得有時候人挺膚淺的嗎？」

「可是妳連他的名字都不知道，搞不好對方也有女朋……」溫日晚下意識地脫口而出，差點被白飯嗆到。

「誰說我不知道？」沈眠依舊優雅托著腮，眉眼閃爍，模樣勢在必行。

昨晚她和幾個朋友到學校的籃球場打球，中場休息時正巧聊及那間夜店，其中一個常去的女生便告訴她關於那男人的事情。他幾個月前開始駐唱，才短短時間就非常受歡迎，每週五晚上都能見到他。

「我朋友跟那個男生之間剛好有個共同朋友所以根據她的情報指出，他現在是大學生，重點是……還跟我們同校。」沈眠又道：「似乎是法文系三年級的學長，名字叫做梁斯望。」

然後……

聽說、他是情場玩咖更是渣男，不僅腳踏好幾條船甚至也絲毫不覺得愧疚，即使分手了，依舊有源源不絕的桃花蜂擁而至。

聽說、他家境富有，光數鈔票就能耗費一輩子，駐唱歌手只是興趣罷了。

聽說、他為了替吸毒的父母償還債務，所以課餘時間都得四處打工，忙得不可開交。

聽說、他為人自私，只在乎自己，從不輕易相信其他人。

聽說、他很善良，不僅對朋友很好連對僅有一面之緣的人也很好，彷彿所有人都是他的家人。

聽說、他曾有個女友，但她卻死了，而且是被他害死的。

這個人……究竟是什麼樣子的一個人？聽完這些荒唐的聽說後溫日晚不禁心想，有好多好多的聽說卻不知道哪個才是真的。

沈眽並不太在乎那些謠傳，她若有所思地望著窗外的車水馬龍。

「日晚，妳會覺得我很膚淺嗎？」半晌，沈眽面無表情地拋出一個問句。「對方根本不知道妳是誰，妳覺得這樣的喜歡究竟是真是假？」

關於愛，我們始終無法探究極致。

愛，它有太多種樣貌了，它能讓人幸福也能使人悲傷；它可以讓人成長也可以使人絕望。

「雖然我也不懂愛是什麼，可是我覺得，只要確認自己對他的感情是真實的，那這樣就好了。」思吋半晌，溫日晚說，杏眸閃著堅定與誠懇。

默然數秒，沈眽自嘲般地笑了笑，接著在溫日晚還來不及反應的同時，趁機將她本想留到最後品嘗的豬排一口叼走。

「那是我要吃的……」

沈眽用面紙抹了抹油膩的手指，心情格外愉悅，碎念道：「奇怪，我又不是什麼女主角，竟然會碰到老梗。」

「也許妳成為小說女主角的那一天已經來了。」溫日晚揚起一張甜笑。

「才怪。」

可誰知道，身為女主角好友的溫日晚卻反而碰上了比一見鍾情更老梗的劇情。

那名新房客竟就是那個唱歌好聽的男人——梁斯望。這令溫日晚除了驚訝之外還是驚訝。

那天晚間十點多，洗完澡後的溫日晚舒服地窩在地毯上看韓劇，看到一半時隔壁忽然響起一陣好似東西掉到地上的碰撞聲。

砰、砰砰。

溫日晚按下暫停鍵，她記得左邊住的姊姊去畢業旅行所以不可能是她，而聲音的的確確來自右邊……溫日晚當下不以為意，心想也許是牆上的掛畫掉了吧，她繼續專注於電腦螢幕裡男女主角的談情說愛。

過了沒多久，隔壁又傳出一連串類似玻璃碎裂的聲響，這次溫日晚屏氣凝神地側耳傾聽，但等了整整十秒，一切又回歸平靜。

奇怪？就在她開始胡亂猜想該不會發生什麼命案的同時，手機突然亮起訊息框，是韋薇傳來的。

——小晚，我在妳家樓下，有好吃的喔。

她火速衝下樓，韋薇坐在機車上，她說她去買宵夜結果鹽酥雞攤的老闆多送了一份，正好回程經過她的租屋處附近，於是就順道過來了。

兩人攀談了一會後，韋薇便離開了。步上二樓時，溫日晚實在抵擋不住那誘人香氣於是忍不住偷吃了一塊。

然後，在經過隔壁房時她稍稍刻意地緩了些腳步。

因為好奇。

只見大門旁放了個紙箱，裡頭突兀地擺著一把幾乎已支離破碎僅能憑藉骨架及琴弦做判斷的吉他。

接著，就在溫日晚不由自主升起疑問的同時，大門驀然被打開了。

下一秒，映入眼簾的是一張陌生臉孔，但越看越是與她腦中的那抹身影漸漸重疊。

梁斯望頂著一頭紅酒般的紅褐色短髮，身上套著黑色運動服，臉顏淡定，面無表情地看著溫日晚。

像是偷窺被逮個正著般的罪惡感，在這刻將溫日晚的反應力侵蝕，她傻在原地，很尷尬，最後默默地點頭頷首。

她本打算打聲招呼後就離開的，可餘光卻無意間觸及到他左手腕那怵目驚心的朵朵血花，訝異之際，溫日晚下意識地就開口了。

「你的手……」

聞言，梁斯望望了眼那處包紮得有待加強的白色繃帶，血跡一點一滴逐漸染紅整塊淨白，令人看了都不禁發疼。

然後這時，溫日晚才更加確認眼前這個人的確就是那個讓沈眠一見鍾情的男人。

明明血花正一朵朵綻開，但梁斯望連蹙眉都絲毫不見，宛如感覺不到任何疼痛。彷彿沒有靈魂。

最後，梁斯望一發不語地越過溫日晚，消失在黑暗的樓梯間。

溫日晚眉頭一皺，察覺事態不對，她依循追上，但人已不見，就像憑空消失了。

回到家後，溫日晚抱著泰迪熊盤腿坐在床上。

整個晚上她翻來覆去就是睡不著，明明睏意深沉卻始終無法入眠，滿腦子亂哄哄地全是那朵朵血花，彷若玫瑰般，紅得美麗，卻又像針刺般，讓人生疼。

隔天，溫日晚立刻告訴沈眠梁斯望就住在她家隔壁，以及那怵目驚心的畫面。

沈眠聽完後果不其然相當驚訝，但也很快地就恢復冷靜。

「那後來他有回來嗎？」沈眠問。

溫日晚搖頭，揉揉犯睏的眼睛，「我甚至能確定直到早上出門前他都沒有回來過。」托隔音不太優良的福，所以隔壁在做什麼幾乎都能略知一二。

沈眠若有所思地轉著藍筆，轉得溫日晚昏昏欲睡，直到藍筆跌落桌面，沈眠輕吟：「阿法學長說梁斯望昨天沒來學校，似乎感冒了。」

溫日晚頓了下，想起阿法學長是沈眽的直屬學長，正巧也是法文系。

既然如此，會不會是因為感冒，所以才不小心把自己弄傷？雖然這個可能性頗低。

「今天他恐怕不會出現在夜店，但我還是想碰碰運氣。」沈眽重新拾起藍筆，語氣坦率：「畢竟是喜歡的人嘛，雖然不曉得自己能做什麼。」

霎時，溫日晚忽爾覺得愛情這玩意兒真的會讓人變得傻氣。

明知對方出現的可能性微乎其微卻仍執意前去，只因擔心對方。

「要一起去嗎？」

溫日晚微愣，接著搖頭：「我得去音樂教室打工。」

「今天不是沒班嗎？」

「人手不足。」

「那妳上班加油。」沈眽輕輕一笑，把藍筆放回溫日晚的鉛筆盒中。

下課鐘聲響起，學生們都依序離開音樂教室。貼完招生海報後，溫日晚見老師們還沒吃晚餐，於是便自告奮勇擔任外送員。

用餐時段的拉麵店高朋滿座，連外帶區也人滿為患。

「您的號碼是三百八十七號，大約要等二十分鐘喔。」店員微笑。

溫日晚站在一旁邊觀察起馬路的車水馬龍邊等待叫號，不遠處傳來熱鬧聲響，看著看著，她發現對街麵包店門口有個身穿獅子玩偶裝的人在發氣球，而這時她旁邊有個小男孩似乎是被吸引竟想直接走過去，他的母親正在講電話，壓根兒沒察覺兒子正逐漸遠離自己！

小男孩絲毫沒注意到那猛獸般的車潮正襲來，喇叭聲猛然四起，溫日晚心一驚，腿卻擅自行動，她立刻衝上前去一把將差點被轎車迎面撞上的小男孩抱回來。

可下一秒，一道刺耳的煞車聲卻自身旁炸開！

一切發生得太快，等到溫日晚意識到時，只見一名機車騎士倒臥在柏油路上哀哀叫痛，機車也撞上路邊的郵筒而倒地。

四周登時聚集越來越多人，小男孩不知何時已經哭著掙脫溫日晚跑回一臉震驚的母親懷中，溫日晚面色蒼白，顫抖著雙手趕緊撥打一一九。

「先生你還好嗎——」

「來，扶著我的肩膀……」

事情發生得太過突然使溫日晚的腦筋完全打了死結，只能傻傻看著其他民眾替傷者做緊急處理，自己什麼忙也幫不上，罪惡感如狂風暴雨般將她淹沒。

兩分鐘後，救護車趕到現場了。救護人員將不斷哀號的傷者抬上擔架，溫日晚焦急得來回渡步，而下一秒，當救護人員將他的安全帽摘下之際，她幾乎要跪下。

「顧、顧爵？」

只見名為顧爵的男子在聽見叫喚後吃痛地撐起頭左右張望了下才對上她的眼，然後，他的反應與她一模一樣。

「溫日晚怎麼是妳……痛、我的腳！」顧爵太激動反而令自己受傷的腿更加劇痛。

「你朋友嗎？那小姐麻煩妳一起到醫院。」救護人員將一頭霧水的溫日晚也推上救護車。

晚間八點四十分，溫日晚獨自坐在藍色塑膠椅上等待叫號，期間她撥了電話與小紗說明來龍去脈。

辦理完住院手續後，溫日晚循著指標走進顧爵的病房。

「醫生怎麼說？」躺在病床上的顧爵一派輕鬆的問。

「醫生說傷勢不嚴重，只是右小腿有輕微骨折，需要住院休養一個禮拜。」溫日晚說明，尾音落下時倒了杯水遞給他，「然後你的家人在趕來的路上了……」

顧爵聽完後沒多說什麼，僅是點頭表示明白，同時接過水杯，大口大口一瞬間就灌了半杯。

待顧爵將空水杯擱下，溫日晚又說：「對不起！都是因為我忽然衝出來，所以才害你煞車不及撞上郵筒——」

「對，都是因為妳突然像個瘋子一樣衝出來，害我差點撞上妳，害我差點要吃牢飯！」彷彿京劇變臉，顧爵蹙眉生氣地指責溫日晚，還附贈了個好久不見的白眼。

見狀，溫日晚心想她一定是因為太愧疚了，所以連白眼也覺得懷念。

「不過妳未免太衝動了，只顧著救人，難道就忘記自己也可能不小心被車撞嗎？」

溫日晚咬緊牙關，無法抑制不停迸發的罪惡感，再次深深道歉：「醫藥費我會負責的，所以不用擔——」

他精疲力盡地擺擺手，悶聲：「就當作運氣不好，花錢消災吧。」

顧爵瞪著窗外，臉上的表情顯示著他不想再談這件事了。

病房內寂靜得好像連根針掉落的聲響都宛如雷鳴，包融著尷尬的沉默逐漸自這空間中蔓延，他倆誰也沒再開口說話，顧爵那生人勿近的氣勢令溫日晚不敢吭聲只能默默望著牆上的時鐘。

「妳跟陳小詩……」直到分針又走了五格，顧爵忽地啟口。

隨著他的話語，彷彿沙子被撥開般，那個曾熟悉可如今已變得陌生的名字悠然浮現自腦海。溫日晚抬起頭，又不著聲色地垂下。

並肩走過無數春夏秋冬的畫面至今仍歷歷在目，而她們之間的距離卻好像已如無數世紀般遙遠了。

「溫日晚。」顧爵叫了她的名字，喃喃自語地輕道：「我忽然覺得，也許老天爺安排這場車禍是為了給我們一個機會。」

霎時，溫日晚感覺有十幾隻螞蟻正悄悄啃食她的心臟，有些難受，無以名狀的難以言喻。

「我們三個人的友情不應該就那樣消逝殆盡。」

最後，在顧爵的家人們打開病房門前一刻他說了，他看著溫日晚，目光是她記憶中那樣的認真堅定。

離開病房，溫日晚倚靠在冷冰冰的牆上。

突如其來的重逢令人措手不及，而那一對桃花眼依舊宛若昔日，彷彿能輕易掀起被沙塵覆蓋的那些歲月點滴。

——如果妳堅決要道歉的話，那我住院的這幾天就麻煩妳幫我送點什麼宵夜吧！不然我媽的廚藝……妳懂的。

臨走前，手機震動了下，是顧爵傳的訊息，溫口晚立刻回覆說好，他又傳了張自己的鬼臉，她噗哧笑出聲，格外懷念這許久不見的互動。

「咕嚕……」

緊繃的神經鬆開了，眼看現在已經九點半，溫日晚便決定趕緊回家煮碗泡麵果腹。

只是在電梯門打開的那一刻，她竟撞見了梁斯望的身影。

梁斯望身穿黑色大衣，懷裡捧著一束滿天星。

溫日晚有些驚訝，但梁斯望看起來並不認得她。這時她注意到他的左手腕裹著繃帶，包紮得完美平整，與昨晚的慘況簡直天差地遠。

「嘿，妳擋到路囉。」梁斯望突然朝她一道，溫日晚才意識到她還站在電梯門口，幸好裡頭只有他一個人。

「對、對不起。」溫日晚立刻往旁邊跨一步，梁斯望看也沒看就不動聲色地越過她，衣襬極輕極薄的擦過她的手背。

「啊。」結果溫日晚只光注意梁斯望沒入轉角的背影而沒有趕快進入電梯，所以電梯門就關上了。

沒多久，溫日晚抵達一樓正越過大廳時，忽然依稀聽見有道細小哭聲迴盪在這寂靜長廊，像極了鬼片的場景。

而在毛骨悚然之際，她這才發現不遠處的自動販賣機旁蹲著一個小女孩，她正在哭。

「妳怎麼了？」她也跟著蹲下。

「弟弟想喝蘋果汁所以爸爸叫我來買，但爸爸給我的十塊被我弄不見了。」小女孩哭得抽抽噎噎。

溫日晚從外套口袋掏出一個十元硬幣，然後投了一瓶蘋果汁遞給她，微笑道：「給妳，不要哭了。」

「謝謝姊姊！」小女孩破涕為笑，禮貌道謝後便咚咚咚地跑遠了。

溫日晚起身，望著那小小背影讓她不知不覺回想起了小學時顧爵也曾這樣幫她。

當時陳小詩和班上某個女生因為小事而打了一架，她打贏了，卻哭了。

被老師罵完後她賭氣地躲在溜滑梯下悶悶不樂，甚至連溫日晚靠近她也叫她走開。

陳小詩只要一生氣難過就會想喝葡萄汁，所以溫日晚便偷偷跑到自動販賣機前想要投葡萄汁給她，但結果卻不小心讓五十元硬幣滾落至水溝。

對當時年僅才十歲的溫日晚來說五十元就等同稀世珍寶了，所以她又急又慌，因為這是媽媽早上出門前給她的零用錢。

而不到一分鐘，顧爵就如微風般出現，默默投了葡萄汁跟柳橙汁。

「拿去。」顧爵把柳橙汁塞進溫日晚的手裡。

「小詩在溜滑梯下面。」溫日晚吸了吸鼻涕。

「喔、我知道啊，所以我才來的，結果就看到妳在哭。」顧爵露出白牙笑了笑，然後朝溫日晚道：「走吧，我們去找她。」

後來，陳小詩恢復元氣，放學後三人也一如往常相伴走回家，那街道不曉得容納了多少足跡，從小學開始，接著國中，再來高中……

也許是太沉浸於回憶中，溫日晚這才意識到自己走到了某處安靜的病房區。

為了不打擾他人於是她旋身折返，餘光卻靜悄悄地闖入一道黑色身影，偏頭看去，最後只捕捉到梁斯望沒入轉角的短短一瞬間。

溫日晚下意識地跟上，因為她肯定梁斯望有看見她，只是抵達原地後一個人也沒有。

四周杳無人煙，黑暗長廊中僅只有微弱的幾盞燈及綠得陰森的緊急出口指示燈。

返家途中，溫日晚暗暗祈禱希望梁斯望別誤會她是跟蹤狂，只是因為他是沈毗的暗戀對象，身為好友的她又恰巧住在他家隔壁，所以多少會不自覺的留意一些。

隔日下午，溫日晚按照約定帶著一盒三明治到顧爵的病房。

「嗨。」顧爵把玩著電視遙控器，愉快悠閒的神情看起來一點也不像是剛出車禍的人。

「顧阿姨呢？」溫日晚將三明治放在一旁的小桌子上。

「一大早就回去店裡了，畢竟我爸一個人肯定會忙不過來。」顧爵逕自將盒子打開，接著咬了口培根三明治，「人間美味啊這是，醫院的伙食簡直清淡得可以。」

「你慢用，我先走了。」

「喂喂，妳這是對受害者的態度嗎？」顧爵叫住溫日晚，態度囂張跋扈，還不忘故意晃晃骨折的右小腿。

溫日晚滿臉無辜：「我幫你送宵夜來了。」雖然這個人直接把它當下午茶吃掉了。

「半年沒見，不敘敘舊嗎？」

聞言，溫日晚不禁一愣，但又馬上回答：「六個月不見而已，應該不至於用到敘舊這個詞……」

「但在那之前我們可是整整十年都朝夕相處，不對嗎？」顧爵將三明治放下。

是，顧爵說得對，他們三個人一同走過了整整十年的春夏秋冬，溫日晚、陳小詩以及顧爵，他們是一起長大的兒時玩伴。

這瞬間溫日晚不知道該如何反應，顧爵見她仍默語，有些氣惱：「妳們高中一畢業就同時消聲匿跡，陳小詩跑到英國留學後連個屁也不放，而妳在見到我後卻好像在跟一個陌生人講話。」

「……我才沒有。」溫日晚忍不住咕噥反駁。

「妳敢說沒有？」顧爵瞪她一眼。「算了，妳們當時發生什麼事我不想再管，但我還是把妳們當朋友，所以我不會再讓妳消失。」

「什麼意思？」

「妳唸中文系對吧？」顧爵忽然反問，溫日晚點頭，他露出果然沒錯的滿意表情，「看來妳根本不關心我，連我跟妳讀同間大學都不知道。」

聞言，溫日晚微訝。其實她曾想主動與他聯繫，可最終卻接放棄，因為莫名其妙的罪惡感，之後又卡到找房子、適應新學校等等，太過忙碌而不知不覺遺忘了他。

一直到昨天。

顧爵露出一口皓齒，對溫日晚笑了笑，「也許以後我們能常常在校園巧遇，請多指教。」

後來溫日晚才得知顧爵是數學系的，不久前才轉學進來，也說明了為什麼她不知道。更如顧爵當時所言，他們真的經常在校園巧遇，因為彼此的教學大樓就剛好在兩隔壁。

「其實我一直很想問，那個高高的男生是妳朋友嗎？」沈when吃著沙拉，側頭望了眼大門旁的某個座位。

溫日晚無奈點頭，不用看也知道那是顧爵。這陣子只要碰巧在學生餐廳遇到他就會像這樣，不好好專心吃飯一直有意無意地偷看她。

「長得還蠻帥的。」沈when平淡地對他的外表做出評論，「不過他幹麼老盯著妳？妳欠他錢？」

「以前的朋友啦，一段時間沒見了，沒關係，別理他。」溫日晚扒進最後一口炒麵，為了不讓沈when繼續關注這個話題，於是她道：「今天下課妳先走吧，我得留在學生會幫忙話劇的事，畢竟再過一個禮拜就是聖誕節了。」

「加油啊。」沈眽貼心地遞了張面紙給溫日晚，接著又道：「聽說前幾天晚上又有人看到那個女鬼了，而且這次是在美術教室附近。」

「不是晚上七點過後警衛就會把大門鎖上嗎？」

「據說是她不小心待太晚，在正準備離開的時候看見的，但她似乎不是很確定，說詞顛三倒四。」

「大概是錯覺吧。」溫日晚搓了搓暖暖包。

「同感。」

片刻後，沈眽微微向前傾身，表情有些欲言又止。

「其實昨天我遇到梁斯望了，而且是在學校。」

「真的？」

她點頭，「那時我去找朋友，途經音樂教室時恰巧看到梁斯望在裡面彈吉他。」接著沈眽從包裡掏出一張邊緣有些破損的樂譜，「可是沒多久再回去時他已經離開了，但我在門口撿到這個。」

循著她食指指的地方看去，樂譜的右下角用鉛筆淡淡寫了一個望字。

「所以這張樂譜是梁斯望的囉。」溫日晚說。

「我想如此。」沈眽將樂譜推給她，溫日晚疑惑，她又道：「反正妳住他隔壁，就麻煩妳幫我還給他吧！」

聞言，溫日晚忍不住發笑。「妳怎麼不直接去法文系大樓還給他就好啦？也許還能藉機認識一下喲。」

「何必大費周章，況且看它外表都這麼老舊了，卻還是帶在身上，對他來說肯定很重要。」沈赈帶著不容反抗的氣勢。

「好吧，但我不知道什麼時候會碰到梁斯望，根據我這陣子的觀察，他回家的時間沒個一定。」溫日晚將樂譜小心翼翼地收進背包。

「直接找個紙袋裝進去再貼個便利貼一起掛在門把上？」沈赈提出一個主意。

溫日晚覺得這方法可行。「應該不會被小偷偷走吧。」

沈赈冷笑一聲，「妳該擔心的是會不會被風吹走。」

「那我把袋子跟門把一起黏起來就好了嘛。」

不過後來，溫日晚並沒有這個機會，而且也不需要。

因為她直接遇見梁斯望了。

上完課後，溫日晚和沈赈在銅像前分手，隨後她走至學生會辦公室。

「學長，你們怎麼不開燈？」溫日晚推開木門，裡頭昏暗一片，只有幾盞電腦螢幕發出的亮光。

「都怪那個天兵，自己亂揮球棒結果把燈泡打破了。」躺在沙發上看漫畫的阿蔚懶懶地抬手指向一旁正埋頭敲打鍵盤的男生。

「啊就不是故意的咩，誰知道我球棒才輕輕一晃燈泡就破了，都該怪天花板太低了。」

「低個屁，好死不死工友伯伯竟然今天請假，乾脆你來修好了。」。

「好咩好咩，燈泡錢我全權負責不就好了？」

「這不是廢話？」

見阿蔚快被那白目的回話氣得怒火中燒，溫日晚趕緊出面打圓場，「沒關係，反正省電嘛。」

「算了我不想理他。對了，韋薇離開前要我跟妳說主任對企劃書不是很滿意，認為可以再詳細一點……妳知道的，那個老頭就是如此惹人厭，所以麻煩妳再修改囉。」阿蔚將漫畫扔進書櫃，接著從滿山滿谷的資料夾中抽出其中一本。

他翻開黃色資料夾，對溫日晚一一解釋，與方才遊手好閒的模樣簡直天壤之別，「用紅筆打勾的部分是主任覺得可以省略的，我下午重新整合了一下就在這邊寫了幾個筆記……」

溫日晚邊聽邊大致掃描發現幾乎等同要重打，她打開電腦，準備迎接這場硬仗。

不曉得攝取了多少咖啡因，夕陽也早就收工下班，溫日晚依舊全神貫注的敲打鍵盤。

直到按下存檔鍵，她抬起頭，發現周圍漆黑一片，只剩眼前的螢幕光亮能勉強讓她看清牆上的時鐘，七點三十三分。

「我先走啦，學妹妳也別待太晚，小心會出現幽靈喔，哈哈哈……」

霎時，阿蔚離開前留下的話語迴盪在她耳邊，雖然她並不太相信，但此刻是孤身一人的狀態不免還是有點毛。

「糟糕！」下一秒，她才慢半拍地意識到也許大門已經被鎖上了，於是連電腦也沒關機就抄起背包衝出辦公室。

果不其然鐵柵欄已被拉下，溫日晚站在原地，頹下肩，悲催地望著一片漆黑的長廊。

她竟然被鎖在教學大樓裡了。

早知道就帶回家做了，而且為什麼警衛會沒發現還有人呢？

噢，燈泡破了所以辦公室本身就暗得可憐，電腦螢幕的燈光又很微弱，所以會沒注意到也是正常的。溫日晚懊惱地抓亂自己的頭髮。

四周瀰漫死寂，連點聲響也沒有，森森陰風若有似無的劃過她的肌膚，無止盡的黑暗猶如海嘯般席捲而來，消防栓的紅燈一閃一閃，好像惡魔的眼睛正瞪著誰。

等等，還有手機可以求救！

溫日晚二話不說立刻掏出，可無言的是竟然一點訊號也沒有，難道她誤闖進什麼百慕達三角洲裡了嗎？。

不過幸好辦公室裡還有電話，如此一來就能直接跟警衛室聯絡了。

於是溫日晚立刻邁步，一路上她緊抱著背包，同時努力在腦中想一些快樂開心的事情好能分散一下恐懼。

只是在剩幾公尺之際，她忽然發現音樂教室似乎有些隱隱光亮，但她剛才出來的時候還看了一下，明明是一片黑的啊……

就像鬼片中總有個主角會白目地闖入禁地，明知不可前去，卻依舊禁不起好奇心驅使而踏進。

溫日晚這時就完全成了那個主角。

好奇心會殺死一隻貓，溫日晚躡手躡腳，屏氣凝神地緩慢走近音樂教室，心臟撲通撲通跳得劇烈，因為緊張、因為害怕，她緊緊揪著左胸口的衣料，試圖讓那聲響別那麼刺耳，以免自己的行蹤暴露。

不知是哪來的直覺，溫日晚明明害怕卻又想：這樣也好，就讓她查明清楚究竟那個傳聞是不是真的——

越是靠近，無形的恐懼感就以倍增的速度侵蝕她，明明光亮越來越清晰，她卻越來越緊張。最後，像成功侵入敵營的士兵般，溫日晚靜悄悄地將整個身子藏在一旁牆壁角落，然後瞇眼微微探頭一望……

那瞬間，映入眼簾的不是那僅耳聞卻從未見過的傳聞中女鬼。

而是梁斯望。

霎時，溫日晚驚呆了，比小狗會吟詩還令她震驚！

只見梁斯望揹著吉他站在門口與她視線相對，似乎是正準備走出音樂教室，他睜著微愣的雙眸，同樣驚訝，一頭紅褐色短髮有些凌亂，睡眼惺忪，神情慵懶。

在暈黃燈光照映下，他整個人就像是……一隻剛睡醒的貓咪。

溫日晚不禁有這樣的錯覺。

「妳是鬼嗎？」梁斯望忽爾啟口，音量不大。

頓時，溫日晚以為他在說夢話，心想真是奇怪的人，忍不住輕笑一聲，然後搖頭否認：「我是貨真價實的人類。」

對方沒有回話，反而打了一個大哈欠，這讓溫日晚不禁有些尷尬。

「梁……呃、學長，你剛剛是在裡面睡覺嗎？大門已經被鎖起來了，出不去。」溫日晚下意識地差點叫出他的名字，想了想，還是先稱呼學長吧。

梁斯望坦率地點頭，又打了個哈欠，看起來睡眠相當不足。奇怪的是，他好像一點也不在乎自己被鎖在這裡，逕自轉身又走回去。

「你不擔心嗎？搞不好要明天早上才能出去喔。」

梁斯望靠上桌子，修長雙腿筆直交疊，模樣從容悠閒，他默語，僅以一張淺淺笑臉回應。

溫日晚滿頭問號，不知道他在想什麼，總之先求救吧，於是她禮貌地說了聲要去打電話後便離開了。

「那就麻煩警衛伯伯再跑一趟了，好……謝謝。」

掛上電話，深陷暗黑的溫日晚二話不說立刻跑回音樂教室，心想至少有人陪。但還沒走到，她遠遠就聽見一陣吉他聲輕柔地迴盪在長廊，側耳傾聽，這旋律是那天她在等沈眠時哼唱的歌。

梁斯望倚在窗台邊，整個人彷彿融於背後的漫天星宿，他懷著吉他，面色溫柔，跟著音符哼唱，神色與夜店時的模樣稍有不同，去除舞台的華麗燈光，猶如沐浴在灑滿陽光的森林中，唯有的是回歸單純的自然簡樸。

溫日晚看著聽著，不自覺深陷醉池，等到回過神後歌聲已消失，只剩下梁斯望噙著一抹笑意望著她。

這瞬間，溫日晚覺得沈眡說得對，他的確擁有一見鍾情的資格，不過她沒有像她那樣心動，對她來說，梁斯望只是一個僅有幾面之緣的學長外加好友的暗戀對象罷了。

梁斯望躍下窗台，筆直走近她，眼眸閃著點點孩子氣，微彎腰道：「妳聽了三分十八秒，所以得付一百塊搖滾區的費用喔。」

「好貴！」他長得高使得她只能微仰頭表達抗議。

梁斯望依舊掛著一張無害笑臉，卻莫名有種玩世不恭的錯覺。他坐上一旁桌子，雙手環繞吉他，像孩子抱著心愛玩偶般。

「學長，警衛伯伯說他現在走不開所以半小時後才會來開門。」溫日晚站在原地。

「也就是說我們得繼續單獨相處囉。」

聞言，溫日晚一時之間不知該如何回應這輕浮之語。

霎時，她又覺得奇怪，此刻的梁斯望與先前所見過的梁斯望彷彿是截然不同的兩人。

「我們似乎見過三次面了對吧？」在心底疑問之際，好似窺探到她在想什麼，梁斯望兀自啟口，「隔壁鄰居？」

溫日晚微訝，主要是沒想到他竟認得自己，其次是有股做壞事被當場抓包的赤裸感。

「第一次在夜店，第二次在公寓，第三次在醫院。」見她一臉驚恐，他故意還邊說邊伸出食指、中指與無名指，最後晃晃數字三，「不對嗎？」

「那我可以問你——」

「不行。」

溫日晚頓時語塞。

「好吧，給妳問。」

獲得許可後，溫日晚有些尷尬地摸摸鼻子，在腦中組裝幾次後才小心翼翼問：「為什麼那天晚上你的左手腕會受傷？」

很奇怪，不知怎地她就是很在意這一點。

梁斯望坐上椅子，懶懶地托腮沉吟幾秒，最後露出一口白牙，在黃光下折射出森森閃爍。

「這是祕密，不告訴妳。」

溫日晚再度語塞。

她看著梁斯望，覺得自己好像成了一隻弱不禁風的老鼠，只能束手無策地任憑貓咪恣意玩弄。

「那門口的吉他……」溫日晚想起那把支離破碎的吉他還躺在門口。

「壞掉了。」以為這個問題梁斯望也會裝沒事帶過，結果意外地獲得了回答。

但那怎麼樣也不像壞掉了，比較像是……被弄壞的。不過現在好尷尬呀，講什麼都不對。溫日晚心想。

直到沉默發酵了十分鐘，被悶得快喘不過氣的溫日晚還是勇於打破尷尬。

「學長，你知道學校有個傳聞嗎？」

雖然問了也是白問，畢竟對方可是三年級的學長怎麼可能不知道，但至少有個共同話題嘛。

「聽說以前有個女學生因情傷而跳樓自殺，自此之後大家都說入夜後會有個女鬼在校園中徘徊……」

「妳害怕嗎？」無聲片刻，梁斯望看著她。

聞言，女鬼站在背後瞪她的畫面一閃而過，她冷不防抖了一身雞皮疙瘩，點點頭，可卻說：「但我不相信，因為沒有親眼見過。」

「妳真矛盾，明明不相信卻害怕。」

「你不怕嗎？」

「我為什麼要怕？」梁斯望反問，彷彿聽見恐龍時代的冷笑話。

溫日晚頓時啞語，又覺得奇怪，明明是一張笑臉，但卻一點也不真實，了無生機，好像隨時會失去生命，甚至這一瞬間反而比那個傳聞還令她感到毛骨悚然。

很久很久以後，溫日晚才知道，這時的他的確不害怕，因為他心中的悲傷早已遠遠超越了恐懼……

「騙妳的。」

「……」彷彿終於走出鬼屋般，溫日晚呆愣在原地，不明白梁斯望究竟是在說真話還是在耍她。

而他又脫去無害轉而嚴肅，語氣正經：「老實說我曾遇見一次，當時我住宿舍……哇，簡直比厲陰宅還恐怖。」

「真的？」溫日晚開始自己嚇自己。

他彎起眼眸，猶如月牙，「假的。」

見梁斯望一副捉弄得逞般的狡猾模樣，溫日晚決定不再理他了，暗暗祈禱警衛伯伯快來開門放她回家吧！

不久後，鐵門終於再次敞開。

「年輕人不都老喜歡下了課就往外衝的嗎？還留在學校做什麼呢……」警衛巡視了圈，確認真的沒人了後又將鐵門拉下並開啟保全系統。

溫日晚尷尬地頻頻道歉，雖然挨罵了但對此時的她來說警衛伯伯可謂是超人一般的存在呀！

「沒事，也怪我老花沒仔細看清……」警衛見溫日晚乖巧的模樣也忍不下心繼續叨念。「倒是梁小子怎麼又被困在裡頭啦？」他瞧了眼正悠哉吹口哨的梁斯望。

又？捕捉到關鍵字，溫日晚升起一個小小問號。

「太累了結果睡著了。」梁斯望打了一個哈欠。

「下次再被鎖就自個兒想辦法吧。」

「那伯伯不如直接把鑰匙給我吧？」

「混小子。」警衛作勢要往他的頭揍下去，無奈梁斯望長得高，根本搆不到。「快回家吧，別再逗留了。」警衛說完後便離開了。

兩人站在原地，安靜的校園僅有風滾草的聲響顯得格外淒涼，寒風吹拂，溫日晚緊了緊大衣。

「你常常被鎖起來嗎？」溫日晚好奇。

「不常，大概一個月一次。」梁斯望理所當然地說。

溫日晚汗顏，這個人真的是一個超級奇怪的人！

「……」

「你又再騙了。」溫日晚瞇眼懷疑，有了方才的教訓，這次便學乖了。

「上次我還被關到天亮，悶死我了。」梁斯望繼續擺著一張笑臉，根本分辨不清究竟是真是假。

溫日晚決定放棄，不再與他對談。

「我得回去了，再見。」

臨走前，溫日晚還不忘禮貌示意，但才跨出一步便猛然想起一件重要的事。

「學長，這個還給你。」溫日晚從背包拿出那張樂譜，小心翼翼地遞給梁斯望。而在翻找的過程中，她無意間瞄見背面的角落躺著一個Q體字跡。

——莓。

梁斯望沒有伸手接過，笑臉不知何時被冷風捲走，默然半晌才開口：「妳在哪裡撿到的？」

「我朋友昨天在音樂教室門口撿到的。」溫日晚照實回答。

梁斯望微斂下雙眸，天邊的雲霧散去，紅酒色的短髮在溫柔月色下染上點點小光星。他抬手接下，輕道聲謝後便轉身離去，獨留溫日晚一人在原地。

回到家後，溫日晚洗去一身疲累仰躺在床上。

彷彿夢一場，昨日的她肯定沒料到今天竟會與梁斯望交談，甚至還一起被鎖在教學大樓裡。

更發現梁斯望是一個渾身問號的人。

隔天，溫日晚將昨日的種種一五一十告訴沈眠，豈料她不但不覺得梁斯望很奇怪，反而還覺得可愛。

「光聽妳這樣形容，不覺得他就像是隻神祕的貓咪嗎？」走到空中花園後，沈眠拔起兩根幸運草開始把玩。

「我倒覺得是隻討厭又無賴的怪貓。」

「今晚去不去？」幸運草打結了，沈眠彎起眉眼問道。

今天是星期五，溫日晚知道她問的是要不要去夜店也明白她不是要去玩樂，而是想去見梁斯望。

「好啊。」於是溫日晚果斷應聲，偶然聽聞他的歌聲後就彷彿上了癮般。

與上回的時間差不多，溫日晚與沈眠越過重重人群直達那座世外桃源。

絢爛夜光下，梁斯望抱著吉他，面色溫柔，深情地自彈自唱。

舞台前的人潮太多根本擠不進去，於是她們便坐上一旁的吧檯。

點了兩杯調酒後，沈眠邊聽邊淺啜，神情優雅並專注，溫日晚則只輕嚐了口便不再觸碰。

後來，為了紀念開業三周年，於是現場開放點歌，一共有五個名額。

沈眠當然不會錯過這個機會，只是很可惜的，今晚幸運女神並沒有降臨，不過隨著人群飄游，她不知怎地就被擠到了最前方。

於是整場下來也意外與梁斯望對視了不少次，為此沈眠像提早收到了聖誕老人的禮物般雀躍開心，樂得在捷運站裡旋轉跳舞，惹得經過的路人不禁側目。

「好啦，別跳了。」尷尬的溫日晚只能趕緊按住她的肩膀，明明平時成熟穩重而現在卻像個孩子般。

不過也讓溫日晚再度肯定，戀愛果真會讓一個人變得又傻又可愛。

不一會兒，沈眠的租屋處到了。

「自己回去要小心喔——」微醺的沈眠將跟鞋胡亂踢開，然後伸手捏捏溫日晚的臉頰，笑得迷人傻氣，「親愛的日晚妹妹再見……愛妳喲！」

瞧沈眠那瘋癲模樣，為了不讓她成為明日的網路笑話因此溫日晚便索性充當保鑣，一路陪她抵達租屋處然後再回家。

再次走進捷運站，這時溫日晚赫然發現她的錢包竟忘在夜店！當時她只顧著安撫發瘋的沈眠，結果就忽略了檢查貴重物品是否遺落的步驟。

於是溫日晚以畢生最快的速度衝向夜店，幸好酒保大叔及時發現並收起保管，因此最後她也成功取回錢包。

「妳欠我一個人情喔。」

「好，我一定還。」

「沒事，開玩笑的。」見溫日晚一臉認真，酒保大叔微微一笑，沉穩又不失逗趣。

「不行，有機會的話我一定會還。」她堅持，接著又望了眼手機螢幕，於是道：「我得離開了，謝謝大叔！」

酒保大叔還來不及回應，溫日晚一個嬌小身子就咚咚咚地奔出夜店。

「大叔？我上個月才剛滿三十……」酒保大叔無奈。

離開夜店後溫日晚站在馬路邊等待小綠人亮起，寒風徐徐吹拂，不一會兒，黃燈轉換紅燈之際，正準備邁步的溫日晚卻無意間撞見了所謂「撿屍」的畫面。

一名女子倒臥在路邊，長髮如瀑，纖瘦性感卻衣衫不整，襯衫鈕扣鬆開了幾顆，白皙肌膚暴露於空氣中，短裙藏不住那纖細大腿，致命誘惑幾乎能輕易激起獸性……

一名帶著鴨舌帽的男子鬼鬼祟祟地接近，左右張望了會兒竟將她攔腰抱起隨後走往小巷子。

與此同時，溫日晚更發現揹著吉他的梁斯望恰巧從旁經過，但他卻看也不看，無動於衷，可任誰都能察覺那男子意圖不軌。

而這時，梁斯望猶如雷達偵測到目光，他側頭看向溫日晚。

但溫日晚並沒有發現，天人交戰不到五秒便早一步衝過去，因為她無法眼睜睜看著女子被上下其手。

可她卻忽略了自己也是一個人，更何況她能如何解救？

在男子即將步入小巷子之際，意識到已無法回頭的溫日晚出聲阻止他，只見男子轉身，神情恍惚，似乎嗑了藥。

「妹妹，時間晚了就該回家。」對方一臉不懷好意，還色瞇瞇地打量了她一番，這猥褻的行為令溫日晚感到極度噁心。

「你再不放開，我就就要報警了！」溫日晚膽戰心驚地恐嚇對方。

而男子彷彿一點也不怕，他又猥褻一笑，將昏迷不醒的女子放下然後一步一步朝溫日晚靠近。

溫日晚立馬打開手機，顫抖著手指撥打一一零，可卻遲了一步，男子猛然抓住她的手腕，嚇得溫日晚連尖叫也發不出聲。

霎時間，她極度反胃，拚命地揮舞雙手奮力將男子緊抓的手甩開。

「不可以喔。」

然後，她的背脊忽爾靠上一道溫暖厚實的人牆，梁斯望輕輕搭上溫日晚的肩攔靠自己。溫日晚轉頭望去，心臟撲通撲通跳得飛快，因為害怕，心頭卻又逐漸流淌入一抹安全感。

「給你三秒鐘離開……」梁斯望對一臉錯愕的男子冷聲，語氣直墜零下，寒冰刺骨，眼神淡薄，猶如惡魔低語般又補了句：「滾。」

男子飆了一聲國罵，也不知是因逐漸清晰的警車聲令他警鈴大作又或是被梁斯望的氣勢震懾，總之男子相當落魄地落跑了，起步前還跌了個狗吃屎。

警報解除，溫日晚大大鬆了一口氣。

「學妹，妳欠我一個人情喔。」

梁斯望鬆開搭在她肩上的手，臉上掛著與方才極為反差的無害笑顏。

溫日晚愣愣望著他，明明想先道謝但最後脫口而出的卻是：「其實，舉手之勞並不困難……」

「嗯？」

她像是責怪，弱弱喃喃：「你明明看見那個女生被帶走了，但你……」

梁斯望並不笨，一下子就意識到她所指控的為何事，而這的確是事實。

「可是我剛才不就幫妳了嗎？」他反問，模樣依舊。

溫日晚頓了下，對剛才的口氣感到失禮，明明對方可是救命恩人卻反而先責怪他，於是她連忙道歉並道謝：「對不起，我沒有惡意，謝謝學長的幫忙，否則我可能——」

「所以妳欠我一個人情。」

「那……」

「交換聯絡方式吧。」紅酒色的髮絲在月光下閃耀，他嘴角微彎：「鄰居。」

後來，那名女子的友人終於趕來，溫日晚解釋完來龍去脈才一轉身梁斯望不知何時就人間蒸發了。

溫日晚四處張望了下，沒過多思考便走至捷運站。

熟料，出了捷運站後溫日晚發現梁斯望似乎也搭上同一班捷運，現在竟走在她後頭。

兩人的影子被月色拉得長長的，一個高、一個矮。

路燈一閃一閃，詭譎燈光彷彿地獄火焰，僅剩夜色陪伴的路上安靜無聲，宛如誤闖一座無人城市。

不一會兒抵達租屋處，溫日晚再次注意到門旁的紙箱，那把吉他仍苟延殘喘地躺在裡頭。

「那個，我可以問——」溫日晚忍不住開口。

「不行。」梁斯望掏出鑰匙，沒有看她。

溫日晚吃鱉般摸摸鼻子，決定不繼續過問了。

其實她想問的是，這把吉他明明已經壞了，既然都把它扔在門口了，為什麼不直接把它丟了呢？

「我發現妳似乎對我很感興趣。」

梁斯望雙手環胸，輕輕靠著門，微微歪著頭，仍是那張笑臉。

見他一副「嗯，被我抓到囉」的調侃神情，溫日晚不由得慌了手腳，羞窘地反駁：「我哪有。」

對你有興趣的是沈脈！

對喔，趁這個機會……「其實我有個朋友很喜歡你，就是上回撿到你的樂譜的那個人——」

「累死了。」但梁斯望打斷她，打了哈欠後就逕自關上門了。

溫日晚愣在原地，忍不住心想：沒禮貌，好歹同所學校，也該說聲晚安才對呀！

然而彷彿彼此有心電感應般，梁斯望又打開門，探出一顆紅毛腦袋，笑眼彎起。

「晚安。」他道，「溫日晚。」

# Chapter2
# 愛道歉的月下老人

溫日晚再次深深覺得梁斯望是一個奇怪的人。

初次在夜店時的深情、偶然巧遇時的冷淡、音樂教室時的輕浮之語、小巷子時的舉手之勞，然後是昨晚的那句晚安……這一連串令溫日晚不禁陷入了思考。

「太奇怪了。」

「妳說什麼？」沈眠從手機遊戲中抬起頭。

「……沒事。」

「妳要什麼飲料？」沈眠把手機塞回口袋後問，溫日晚呃了好半晌最後沈眠受不了她的選擇困難症於是便替她點了鮮奶茶，而自己則是水果茶。

「寒假妳有什麼計畫嗎？」

溫日晚搖頭，「音樂教室趁寒假進行整修，所以我打算找份打工。」

沈眠彈了個響指，「既然如此，幫我個忙吧？」

「好啊。」

「妳會不會答應的太快？」沈眠好氣又好笑。

「反正不可能叫我去當強盜搶銀行呀。」

「我像那種人嗎？」

沈眠白了她一眼，心想以她的個性肯定很容易被有意人士騙得慘兮兮，看來她得替她多注意點。

「我曾說過我爺爺奶奶正經營一間小型玫瑰花園吧？」沈脈道，「原本有兩個工讀生，一個不久前離職了，另一個寒假要實習，所以上次我去幫忙的時候，奶奶問我能不能寒假也過去，就當作打工。但前陣子我已經報名彩妝班了，抽不出時間……」

「好啊。」話語未完，溫日晚再次義不容辭。

「真的？」

她點頭，「我剛好要找打工又能解決妳的煩惱，還可以幫到爺爺奶奶，這樣不是一石三鳥嗎？」

「謝啦。」沈脈朝她感激一笑，「那我再跟奶奶說一聲。玫瑰花園不遠，雖然還是有點距離不過搭公車絕對可以到，放心。」

「鮮奶茶跟水果茶好囉──」

此時，叫號聲響起，她們隨著叫喚將目光右移，下一秒卻一臉訝然地望著正將飲料裝進袋子的店員。那頭紅酒色短髮緊緊抓住兩人的視線。

尤其是沈脈，一對美眸睜得大大的，目不轉睛，神情就像女孩子看見暗戀對象般心花朵朵開。

梁斯望左右張望，準備呼喚第二次時她們才姍姍上前。

抬眼，其中一個女孩的臉顏頗是熟悉，他好看的眸子閃過一絲惡趣，沒有陌生尷尬的距離，輕聲朝她打招呼：「嗨。」

溫日晚登時有些慌張，被他突如其來的熱情所影響，支吾了老半天。

「虧我們還是朋友，反應真冷淡。」

沈眽狐疑地瞧了眼身旁的溫日晚，「妳在發什麼呆……」正想偷捏她一把時梁斯望又將飲料遞給沈眽，笑顏依舊。

「飲料好囉，久等了。」

「喔、謝謝。」

見狀，沈眽優雅莞爾並接過飲料，可當彼此指尖不小心碰觸之際她的心臟卻頓時衝破了防護膜，不受控的怦然劇跳。

離開學生餐廳後，她們走到不遠處的長椅納涼。

「說吧。」連吸管也還沒開封，沈眽便居高臨下雙手環胸審問嫌犯溫日晚。

嫌犯溫日晚默默擱下準備就口的鮮奶茶，識相的一五一十開始解釋。

「靠，妳是白癡嗎？跑去跟人家湊什麼熱鬧？妳想要英雄救美還早個八百年咧！」沈眽聽完後劈哩趴啦罵了一串，「幸好梁斯望及時出現，否則妳就準備哭一輩子吧。」

「我的大腦可能跟不上身體反應的速度。」溫日晚無辜地聳聳肩，額頭又遭到一記爆栗。

沈眽用力吸上一口水果茶，接著雙肩一落，微仰頭，目光拋向大樓頂端那隨風飄揚的國旗，輕嘆：

「有時候我覺得妳真的傻得可以。」

溫日晚疑惑：「為什麼？」

不過她又想，其實沈眽才傻吧，戀愛中的女孩子都是傻瓜。

「跟妳說了妳也不懂。」

「說說看啊。」

「拒絕。」沈脈無賴一笑，然後搶走她的鮮奶茶喝了口，吁一聲，團團白霧飄渺，「果然還是該點熱的。」

「都給妳喝，所以就告訴我咩！」溫日晚以鮮奶茶賄賂。

「不過……」沈脈忽然噗哧一笑，淨白的瓜子臉被穿過樹縫的冬日陽光映上片片斑駁。

「不過什麼？」

她神情有些害羞，「怎麼辦，我好像越來越喜歡他了。」

「妳的戀愛學分有救了。」溫日晚用手肘推推她的腰際，故意調侃。

「既然如此，我們可愛的日晚再幫幫姊姊一個忙吧。」

沈脈說的幫忙，指的是替她與梁斯望牽線。

「妳跟他不是朋友嗎？」沈脈說得理所當然，嫣然一笑，「而且還是鄰居。」

溫日晚這回無法果斷答應，畢竟她與梁斯望之間該說是朋友嗎……好，就算是朋友好了，但他們只是不熟的朋友呀。

所以她有那個資格接掌月下老人這個責任嗎？

但看沈脈期盼的眼神，溫日晚不忍好友失望，於是心腸軟的她還是答應了，心想就抱著姑且一試的心情勇往直前，有嘗試總比沒嘗試好嘛。

寒風徐徐，空曠的操場滾著冷清。閒聊了會兒，她們起身走往教室。

「我去趟廁所。」途經洗手間時，沈眡對溫日晚說了聲後便走進裡頭。

溫日晚倚靠在矮牆邊等待，她撐著下巴，自天井曬落而下的日光將她的側顏鍍上淺淺光邊。

等待的閒暇時光她看著樓層中來回走動的人，望著望著，視線走進一抹黑色高瘦身影輕輕吸引她的注意，對面那人走一步，她目光就跟上一步，不偏不倚。

梁斯望在行走間朝她一看，在溫日晚來不及捕捉的瞬間又不著痕跡的收回，然後消失在她的視線中。

溫日晚摸摸鼻子，心想不曉得有沒有被發現，這個壞習慣得改掉才行。

暗暗反省之時，忽然有人點了點她的右肩，她下意識地往右偏頭，空無一人，再往左側一瞧，梁斯望神不知鬼不覺地站在那裡。

「日晚，我發現妳真的對我很有興趣喔。」他雙手放在大衣口袋，眉眼噙著一抹狡詰笑意，盯著她。

「我哪有。」可惡，原來他早就發現了。

「而且我還發現妳一點也不擅長說謊。」

瞧梁斯望一臉揶揄貌，溫日晚登時找不到話語可以反擊，於是索性轉移話題：「你怎麼會在這裡，是不是偷溜出來想偷懶？」

「嗯——被發現就不有趣了。」梁斯望惋惜地嘆氣，然後無所謂地聳肩，「翹課是人之常情，蹺班也是。」

她咕噥：「鬼扯……」

「那如果我說我只是替朋友代班半個小時妳會相信嗎？」

有了先前的幾次經驗，溫日晚對他的話都得大膽假設小心求證，她搖頭並懷疑：「不相信。」

「隨妳怎麼想像囉。」

對於他人的不信任梁斯望絲毫沒有任何喜怒哀樂表露於臉上，他勾起玩世不恭的輕笑，話語落下後便越過她徐步離去。

「謝謝魔術社帶來的精彩魔術！接下來，有請我們最性感的熱舞社登場——」主持人手握著麥克風，情緒高昂地帶動台下觀眾。

掌聲與尖叫如轟天雷，瞬間將偌大的體育館填滿熱鬧喧騰。

為了今天的聖誕活動，各社團都籌備已久並使出渾身解數賣力表演，為的就是能替自己的大學生活添上一筆美好的青春回憶。

表演結束，沈昕跟著社員們走至後台，她將高馬尾解開，一頭亮麗黑髮隨之盪下，慵懶又性感。

「社長說晚上到ＫＴＶ慶功。」其中一名社員將礦泉水遞給沈眡。

「那個小氣巴拉的社長今天居然這麼慷慨？」

「可能吃錯什麼藥了，時間是晚上六點喔！」

「好，謝謝。」

然後沈眡這時遠遠看見溫日晚正坐在一個移動式化妝台前讓韋薇梳化，待韋薇去洗手間後，沈眡徐步靠近。

「妳不是說妳的角色是樹妖嗎？怎麼塗得像是……呃、石怪？」

「這還只、只是打底啦。」溫日晚繃著臉，因為顏料還沒乾所以不能胡亂做出表情。

「要不要幫妳拍一張？」

「不要！」見沈眡邊大笑邊舉起手機準備自拍，溫日晚立刻雙手並用摀住自己的臉。

結果小綿羊溫日晚仍舊抵擋不過大野狼沈眡的攻擊，最後還是被拍了一張灰頭土臉的合照。

「我要回社辦換衣服了，拜拜，哈哈哈——」沈眡拍拍溫日晚的肩膀替她加油打氣，「反正學生會的話劇是壓軸嘛，那我等等再回來。」然後猖狂地揚長而去。

溫日晚在心底嗚嗚嗚。

「妳的角色是石怪嗎？」

此時，顧爵的聲音猛然自她的左側響起，溫日晚冷不防嚇了一跳，好不容易乾了的顏料硬生生浮出一條細小的裂痕。

「你怎麼來了？」

顧爵隨意拉了張小板凳，瀏海往上綁了個沖天炮，他解釋：「臨時被阿蔚叫來的，說缺一個臨時演員，反正我沒參加社團，閒著也是閒著就來了。」

兩人因為一場籃球賽而成為好友，情急之下阿蔚也顧不得是否為社員就直接詢問顧爵的意願，他沒猶豫太久，立刻就說好。

「現在，請各位掌聲加尖叫，讓我們熱烈歡迎學生會所帶來的話劇表演——」主持人高聲呼喊，全場哄堂鼓譟，將氣氛又推至另一波高潮。

終於輪到話劇登場，演出一如先前彩排順利進行。

「欸，妳會不會緊張啊？」

兩隻小樹妖在布幕後等待上場，外頭不時傳來陣陣歡笑，令從沒在眾人面前演戲的顧爵登時渾身發抖，忍不住微微彎身和溫日晚竊竊聲細語。

耳畔若有似無的染上淺淺溫熱聲息，本來不擔心的溫日晚也莫名緊張了起來。

「你好像靠太近了。」她喃喃。

「喔，抱歉。」他默默退了一步。

「反正就當作……台下的觀眾都是蔬菜水果，這樣就不會緊張了。」

「這根本沒用吧。」顧爵嗤之以鼻，幾秒後他又眸子一亮，逕自在她的掌心上寫了個人字，撓得她有些發癢，「吞下去，這樣就不緊張了。」

溫日晚本想吐槽這樣也不會有用到哪去，但他一臉認真，於是她乖乖依照指示將那個人字吞下肚。

後來，不知純粹是巧合又或是真的發揮作用了，演出過程他們絲毫不感覺緊張，極其順利地就完成了。

「是不是該感謝我？」

顧爵對溫日晚露出一口白牙，驕傲的模樣好似在向父母索取獎勵的孩子。

溫日晚還是想吐槽，結果還來不及說出口就被他搶先了。

「很好，我就當妳欠我一個人情。」

不是，她最近怎麼到處欠人情啊！

晚間六點，學生會在某間燒烤店舉辦慶功宴。

「沒想到我只是一個臨演居然還能一起來慶功，嗚嗚嗚太感動了……我敬大家一杯！」

顧爵假裝拭淚，隨後豪邁地灌下一整瓶生啤酒，全場鼓掌叫好，也紛紛跟著舉起乾杯。

顧爵的個性爽朗幽默，短短一個下午就與大夥兒打成一片，甚至還有幾個學姊不停邀約顧爵直接加入學生會。

「正好打算辦公室要找個時間進行大掃除……顧爵你就考慮一下吧。」阿蔚扒進一口白飯，「韋薇妳覺得呢？」

「沒意見。」身為社長的韋薇沒空理會，因為她正忙著剝蝦。

「你想趁機把我當免費勞工？」顧爵一副受傷貌，接著他用手肘推推身旁正專心顧肉的溫日晚，壓低音量笑道：「妳覺得我要加入嗎？」

「都可以啊。」溫日晚舀了一口鍋邊蛋，上頭鍍著些許微焦。

「既然我家溫日晚都這麼說了……」

顧爵欲言又止，最後在飢渴學姊們的期待下笑嘻嘻地接受邀請。

「妳跟顧爵認識很久了喔？他剛剛說什麼『我家溫日晚』……他喜歡妳？」用餐到一半，韋薇邊替肉片刷上醬汁邊好奇地悄聲問。

「妳誤會了，我們只是一起長大的兒時玩伴而已……」聞言，她急忙澄清。

見溫日晚緊張兮兮的模樣，韋薇似笑非笑地托著下巴。

溫日晚打算解釋得詳細一點，結果她又問：「那妳喜歡他嗎？」

霎時，她愣了愣，眼珠子下意識地胡亂轉繞。

「開玩笑的。」韋薇笑出聲，挾了朵烤香菇丟至她碗裡。

此時，溫日晚的大衣口袋傳來陣陣震動，是沈眠的來電。

「我去接個電話。」

「嗯。」

溫日晚走出燒烤店隨後佇立在店門旁的傘架邊，按下通話。

「喂，怎麼了？」

「我一定要立刻告訴妳……我現在在ＫＴＶ慶功，結果妳猜誰來了？」

被她雀躍的語氣感染，溫日晚不禁燃起期待，沒有多餘思考，她問：「誰來了？」

「是梁斯望！」

沈眠說，今天除了表演同時也是某個社員的生日，她是四年級的學姊，再過不久就要畢業，因此今天不僅是最後一次參與大型社團表演，更是最後一次以社員身分與相處已久的夥伴們聚餐慶功。

於是社長為了讓她留下一個難忘回憶便決定偷偷送她一個驚喜。

事實上學姊正默默暗戀著梁斯望，但她本人沒有想要更進一步認識對方，僅是純粹喜歡他的歌聲罷了，而偶然知曉秘密的社長恰巧與梁斯望是朋友，於是他便拜託梁斯望能否擔任壓軸嘉賓，最好還能獻唱個幾首！

於是，這看似荒唐的驚喜果真令眾人眼睛為之一亮同時也相當興奮，特別是沈眠。

「我直到今天才發現原來喜歡這玩意兒是一個這麼有力量的東西，學姊剛剛跟梁斯望合唱完後竟然當場哭了……」

僅透過話筒就能明顯感受到沈眠的興奮，兩人聊了幾句，最後她說她的歌到了，便結束這不到一分鐘的通話。

兩個小時過去，眾人吃飽喝足後便在燒烤店前解散。

某些人說要去夜市而某些人約了要去打保齡球，幾個學姊依依不捨地團團將顧爵圍住，交換了聯絡方式後才放他離開。

顧爵追上正走向捷運站的溫日晚，聽見後頭的叫喚，她回頭，「你不回家嗎？」

顧爵晃晃手機，一臉無奈：「收到最近脫魯的某個室友的密語，叫我別太快回去，所以我只好隨便打發時間囉。」

溫日晚調侃：「你這個朋友蠻識相的嘛。」

「好說好說。」

「那你現在要去哪？」

「不知道，我對這附近還不熟。」

「好，同情你有家不能歸，我帶你去吃一家很好吃的雞排。」

於是溫日晚化身嚮導，帶領顧爵穿過大街小巷，不久後，他們走到一間人滿為患的炸物攤。

「一、二、三……五包！你有那麼餓喔！」溫日晚叼起一根四季豆。

「發育期當然要多吃點。」顧爵咬下雞排。

「你都大學生了早就過了發育期了吧。」

「只要心保持年輕，永遠都是發育期。」

「講幹話。」

「我從不講幹話，像是什麼凡是每天喝水的人都會在一百年內死去，這種話我從不說的……」

「我要先走了，聽不下去了。」

「欸欸妳的甜不辣感覺蠻好吃的，借我吃一個……」

「什麼時候還？」見顧爵覬覦自己手上的甜不辣，溫日晚故意護住。

結果顧爵眼明手快趁著縫隙快速叉了一塊毫不怕燙扔進嘴裡，直讚賞：「好吃！我拿雞排跟妳換。」

「你都咬過了……」溫日晚一臉嫌棄。

「有什麼關係，以前又不是沒吃過。」顧爵說得理所當然。

「那又不一樣。」那都是小學的事情了耶！小孩子當然不會在意啊，但她現在都幾歲了，是青春洋溢的淑女了耶。

「唉，小氣。」

兩人邊鬥嘴邊啃著宵夜，熟悉自在的氛圍就好像回到那青澀歲月，令她心頭一軟，被逗笑的表情中洋溢著懷念之情。

「溫日晚！」

這時，有人忽然喚了她的名字，溫日晚左右張望最後定睛不遠處的前方，只見沈眂朝她揮揮手，而站在她身旁的人是……梁斯望。

「偷偷在約會喔？」沈眂走近。

「才不是。」溫日晚忍不住白她一眼。

「鬧妳的，我知道那個男生是妳朋友。」沈脈恰巧與顧爵對上視線，兩人禮貌地點頭莞爾。

「妳跟梁斯望……」溫日晚故意曖昧一笑，視線越過沈脈偷看了眼佇立在路燈旁背對著她們正在講電話的梁斯望。

「幸運女神降臨了。」沈脈一臉神祕兮兮，眉眼透著蜜糖般的喜悅。

沈脈說，她偶然聽見社長與梁斯望的談話說他等等好像還要去某個地方，後來在KTV解散後，她恰好看見梁斯望走在前頭，就鼓起勇氣上前搭話，才知道他們兩人的目的地正好是同條路，於是就一起走了。

「原來他這麼健談又有趣，一點也不像傳聞中那樣神秘，也難怪有那麼多人喜歡他了。」沈脈悄聲。

「我這個實習月下老人都還沒上班打卡就即將面臨失業了。」溫日晚打趣笑道，替好友的戀愛之路總算邁進一步感到開心。

此時，梁斯望冷不防轉過身恰巧與溫日晚對上視線，一瞬間來得太快，她春暖花開的笑臉被他全然捕捉入目。

「喂？有在聽嗎？」

梁斯望收回目光，不著痕跡地忽略她的微愣，輕道：「沒事。」

「回歸正題，我明白你是真心想幫忙爺爺奶奶，但最大的原因……是為了代替她吧，雖然我只是外人，但就連我也認為當初會發生這個意外不能怪你，難道你要一直活在自責裡嗎？這樣你真的快樂嗎——」

「大叔，你今天特別囉嗦。先掛了。」

停頓三秒，他眸底升起一抹彷若霧氣的淡淡悲傷，但很快又消失殆盡，語畢後將手機收進大衣口袋，走向談笑風生的兩個女孩。

「沈眠，我臨時有事得先離開了。」梁斯望語氣清朗禮貌地對沈眠說。接著他察覺到溫日晚的注視，他目光輕移，對她露出一張沾染些許孩子氣的笑顏，像是在說：「嗨，又見面了。」

「路上小心。」沈眠微笑，雖不免有些失望但能擁有與他短暫的相處時光便足矣，「今天玩得很開心，下次見。」

「再見。」

梁斯望越過她們徐步遠去，經過顧爵身旁時顧爵悄悄望了一眼，對方也對他莞爾。

因為這個人剛才對溫日晚笑了一下，他心想大概是她的朋友吧所以才會特別留意。

畢竟溫日晚就像他的妹妹，打從小時候便開始如此認為了，他這個妹妹總是傻呼呼的，卻有顆善良的平凡之心。

小時候某次溫日晚遭人欺負時，陳小詩簡直殺紅了眼直嚷著要去找對方打架，幸好在溫日晚與他的阻止下才沒釀成大禍，而最後則由理性的顧爵與對方溝通，並得到一個道歉。

久而久之，顧爵默默觀察出了一個現象。

溫日晚就如一杯純粹乾淨的溫水，陳小詩是熱情衝動的美麗焰火，兩人看似屬性互剋但卻是最親密的朋友。

雖然三人都很要好，但女孩子嘛，總有幾個只屬於她們的小祕密，所以顧爵偶爾會被孤立在外，惹得兩個女孩默契十足地哈哈大笑。

他習慣性地會走在她們身後，就像一名英勇的騎士，可是某次陳小詩聽見他如此自誇後卻白了他一眼。

「老娘沒廢到要你保護好嗎？」陳小詩當時說，接著笑嘻嘻地弄亂溫日晚的頭髮，「你該保護的是這位小妹妹，她那麼笨。」

「我才不笨。」溫日晚張牙舞爪，伸出魔爪開始搔她癢。

「妳敢弄我！」

只是……曾如此要好的兩人為何會在一夕之間彷彿全然拋棄了那些友情呢？

高三那年，她們到底發生了什麼事？

顧爵凝視著溫日晚的背影，輕嘆，然後咬了口有些冷掉的雞排。

後來，他們三人一同在市區閒逛，沈眡與顧爵沒有初次相見該有的尷尬與陌生，反倒像普通朋友般自在，甚至還越聊越吵起來，被卡在中間只能摀住耳朵的溫日晚不禁覺得這兩人簡直是一對冤家。

十一點多，三人在捷運站道別後便各自返回住所。

入夜後的捷運站沒幾個人，溫日晚拖著疲憊身軀邊打哈欠邊踏上樓梯，豈料，越是接近室外就越是能聽見那清晰可聞的陣陣暴雨聲。

溫日晚對著眼前瀑布般的大雨發愣，思考著要不乾脆直接衝進雨中跑回家，但她又想，反正也不趕時間，不如就等雨變小了再離開。

等待的時間，她一會兒觀察起那一攤攤小水窪一會兒望著不知還要下多久的暴雨，在路燈照映下，雨滴好似一根根染上懷舊的銀色細針，在這氣溫逼近十度的聖誕夜裡更彷彿結了凍的冰霜。

溫日晚緊了緊大衣接著從口袋摸出一片巧克力，冬天總讓人特別容易肚子餓。

「好吃嗎？」吃到一半，一道戲謔聲自寂靜中溜進耳裡。

「梁斯望？」轉過頭，溫日晚下意識地脫口而出同時又不禁心想，他肯定真的是隻貓，否則怎麼連點腳步聲也沒有！

這時，溫日晚又聞到了一抹極輕極淡的味道，那味道就像只屬於醫院才有的氣味，也許她上輩子是隻狗吧，她的嗅覺異常靈敏。

「妳也沒有傘嗎？」梁斯望問。

溫日晚還深陷那氣味謎團，下意識地反問：「你也沒有嗎？」不過下一秒又像被打敗般拍了下自己的額頭，他都說「也」了。

「這場雨不曉得還會下多久。」

梁斯望雙手放進大衣口袋，溫色眼眸凝望雨線，沒有戳破她的傻話，溫日晚偷偷倪視他的側顏，一瞬間有種身處美術館看著一幅精緻畫作的錯覺。

「現在雨很大，要和我一起等雨停嗎？」默然片刻，她啟口。

「不如我們直接跑回家吧，兩個人比較不孤單。」梁斯望很跳痛地提出了個截然不同的問句。

「但會淋濕……」而且她怕冷，更不喜歡黏答答的感覺。

「怕什麼，吹乾就好。」

容易猶豫的溫日晚被他爽朗的話語影響，決定咬牙冒險，「好吧——」

下一秒，梁斯望捉住還來不及反應的溫日晚，抓著她的手腕接著兩人猶如八百壯士般勇闖入雨陣。

他們邁開腳步奮力跑著；因為興奮刺激而笑著。

不久，冒險者終於抵達目的地，他們躲進一樓屋簷下，溫日晚喘著氣，胸腔因吸進冷空氣而感到有些刺痛，但這種感覺卻很痛快。

「實際體驗後沒那麼討厭吧。」隨著自屋簷墜落的滴答聲，梁斯望的聲音輕輕從頭頂傳來。

她用力點點頭：「好玩！雖然全身都濕了……」

溫日晚笑著說，此時她才發覺兩人的距離不知何時是如此貼近，順著視線望去，她又發現他整個肩膀都濕透了。

原來梁斯望在不知不覺中將自己的大衣護在她的身子上，所以她除了鞋子之外其餘地方幾乎是乾燥的。

於是溫日晚立刻掏出面紙遞給他，「對不起，害你的衣服都濕了。」然後默默後退一步拉開彼此的距離，同時對他的壞印象也抹煞了大半。

「妳好像很喜歡道歉喔。」梁斯望接過面紙，若有所思地盯著溫日晚。

她愣了愣，眼珠子轉了圈，解釋：「因為天氣那麼冷又下大雨……這樣很容易感冒。」

「那如果我真的感冒了，就麻煩好鄰居多照顧了。」

梁斯望一半說笑一半正經，用面紙胡亂擦拭濕透的瀏海，一頭短髮亂糟糟，好像一隻剛洗完澡的貓咪。

溫日晚頓時語塞，要不是他剛才好心地替她擋雨，否則這句話聽來真是令人想報警！

後來，溫日晚整整兩天都沒有見到梁斯望，幾次經過他家時她都莫名擱下腳步，猶豫要不要摁下門鈴，畢竟遭受那十度的寒溫攻擊難免會擔心病毒是否找上他。

直到第三天她準備出門買早餐時隔壁大門突然起了動靜。

轉頭一瞧，頂著亂髮的梁斯望穿著灰色居家套裝走出，還戴了副黑框眼鏡。

「早……早安。」溫日晚有些自亂陣腳。

「早安。」他的聲音帶著剛起床的雜訊磁性卻又有點沙啞，與平常的溫潤低沉相差甚大。

「你真感冒了？」

「俗話說笨蛋不會感冒，結果我真的感冒了。」梁斯望不知是燒壞了腦袋還是吃錯了什麼藥，竟變相的罵自己是笨蛋。

聞言，溫日晚噗哧一聲，接著又裝沒事地問：「那你現在要去哪裡？」話中，她仔細觀察，發現他的雙頰漲著薄薄緋紅。

「餓了，買早餐。」

「我、我去幫你買！」只見梁斯望語落準備邁步，溫日晚立即出聲，嘴巴行動的速度比大腦運轉的速度還快。

「你想吃什麼？」她問。畢竟他是因為她的緣故所以才感冒的，總得彌補一下。

「都好，妳買的都可以。」語畢，梁斯望打了個哈欠，神情疲倦地走回屋裡。

之後，溫日晚分別買了兩份大熱奶與培根蛋餅，又將方才去藥局買的感冒藥也放進其中一袋。

她摁下門鈴，等了三秒遲遲沒有回應，於是溫日晚將早餐掛上門把，反正她有按門鈴了，所以他應該知道吧。

半小時後，溫日晚因為不放心所以又悄悄打開門查看，而早餐已經不見了。

隔日中午放學後溫日晚領著小點心走回租屋處，才剛踏上二樓便撞見梁斯望正將家門鎖上準備下樓。

他身著燕麥色寬毛衣內搭深咖色襯衫並揹著吉他，整體比起昨日已來得有元氣許多。

「你的感冒好點了嗎？」

「都可以去約會囉。」梁斯望故意朝她一笑。

嗯，能開玩笑就代表病毒已經退散了。

「早餐還有感冒藥，謝謝。」

「不會，這是我該做的。」

梁斯望在越過她身側之時調皮惡趣再次爬上那張笑臉，他摩挲下巴感嘆道：「當病人真幸福，有鄰居幫忙送早餐……這樣吧，下次我再幫妳擋雨。」

嗯，看來這回得替他掛精神科了。

「不用了，我可不想害你又感冒。」

「真的？」

「真的。」

「確定？」

「確定。」

「不後悔？」他勾起唇角，挑釁又故意，像隻囂張的貓。

「真的！確定！我不後悔！」

溫日晚心想，他不是人，他是一隻超級奇怪的笑臉貓！

# Chapter3
# 她與他的玫瑰花園

寒假。

這天一早，溫日晚獨自提著一卡行李搭上公車前往郊區。

車輛搖搖晃晃像一首走調的搖籃曲，窗縫悄悄溜進的風兒隨之叫醒了昏昏欲睡的因子，她戴著耳機，杏眼始終凝望窗外的景致，一分一秒過去，畫面從喧囂的城市街景逐漸換為一片片翠綠油畫。

兩小時後溫日晚在一處站牌下車，與家人報完平安後她越過小馬路，腳步輕盈地漫遊於田野間。

鄉野空氣清新，冬日陽光和煦，是個好日子。

開啟手機導航，不一會兒，溫日晚停在一處交叉口，與負責人取得許可後她便繼續前行。

不久，率先映入眼簾的是一扇將近三公尺的半敞白圓拱門，花團錦簇，好似通往花草世界的入口，一旁佇立著一塊鑲滿小花的櫻桃木招牌，上面刻印著四個字——崔之花都。

溫日晚踏上石灰色磚塊鋪成的蜿蜒步道，兩旁是修剪整齊的松柏樹，高雅又愜意，空氣中若有似無的悄悄飄來馥物芬芳的清香，片刻，首先撞入視線的是一座歐式建築風格的三層樓高米白色房子。

再往旁邊一瞧，映入眼簾的是一群群大大小小的玫瑰花園，極其眾多，紅色、黃色、白色、藍色……園中還有不少花牆、花徑，盎然生機，如詩如畫。

溫日晚一面讚嘆一面走過由矮灌木花叢分隔而成的小徑，正中央有座希臘風格的噴水池，迸發而出的水粒在日光下閃耀奪目，吸引人的還有最後方那一大座以繽紛花草編織而成的廊道。

她在內心早已尖叫不下上百次，原來在自己的家鄉中竟存在著這如此絢爛繽紛的世外桃源，彷彿置身於童話故事中，浪漫得不可思議。

溫日晚坐上一旁的大理石台階，陶醉在這片詩情畫意的玫瑰花海中，久久無法回神。直到不遠處傳來一道呼喚，她定睛一望，有名腰間繫上褐色圍裙的老婦人正朝她揮手。

「妳是……溫日晚？小甿的朋友？」溫日晚趕緊上前，老婦人和藹一笑，輕聲問道。「我叫崔美瑛，我剛才有接到妳的電話。」

溫日晚彎腰鞠躬，禮貌莞爾：「崔奶奶您好，接下來還請你們多指教了，然後……這裡真的好美！」

「用不著那麼拘謹，就把這兒當自己家，進來吧。」崔奶奶摸摸溫日晚的頭，眉眼疼愛，接著推開胡桃木門，迎接她入內。

一踏進屋裡，鼻間便飄遊著一股糕點香味，建築設計採樓中樓概念，水晶吊燈的暈黃光輝將屋內灑滿溫暖明亮。

放眼望去，大部分的擺設皆是白色與木色配搭而成，其中一處設為包裝區，供到訪遊客自行摘取玫瑰後能前來由專人包裝；而另一側則擺放幾套桌椅，可讓遊客稍作休憩且能點取手工製作的簡單餐點。

除了一樓為公共區域外其餘便為崔氏夫婦的私人領地，二樓有臥室與書房，走廊還掛著不少水彩畫、油畫、書法畫等等，三樓則是儲藏間，而地下室則有座小型酒窖。

「這是剛烤好的餅乾，妳嚐嚐。」崔奶奶領著簡直看傻了眼的溫日晚入座，並替兩人各斟了杯熱紅茶。

「謝謝崔奶奶。」溫日晚受寵若驚，趕緊起身幫忙。

「好吃嗎？」崔奶奶淺啜了口紅茶。

溫日晚又拿起一片，用力點點頭，「好吃！」

「還好妳喜歡。」崔奶奶笑起來時眼睛會瞇成一條線，很是可愛。「那妳一邊吃，我一邊跟妳介紹這座花園……」

崔之花都是一座以種植玫瑰為主的小型花園，由崔雄達與崔美瑛夫妻倆共同經營。

它誕生的原因來自於崔氏夫婦年輕時的夢想，崔雄達在早期是名長年旅外的園藝設計師，經常走訪世界各地，此座花園也由崔雄達所設計；崔美瑛在早期於高中職擔任家政老師，也是位曾舉辦過獨立攝影展的藝術攝影師。

「兩個兒子長年在外打拼，女兒也早早嫁人，雖然有點孤單，不過只要看著這些孩子們從幼苗開始漸漸成長茁壯，來訪的人們能感到滿足，我就覺得日子特別充實……即使再怎麼微小。」崔奶奶神色溫煦地望著那美得恍若夢境的花海。

午茶時光結束，崔奶奶開始指導溫日晚如何包裝花束等等，她的學習力很快，幾次練習後便能包得有模有樣，讓崔奶奶不禁歡喜來了個好幫手。

良久，崔奶奶在櫃台處理帳務，時不時抬眼瞧瞧在工作桌內正專心摸索乾燥花如何搭配的溫日晚，那畫面逗趣得就像在看自家孫女學走路。

「差點忘了件事。」忽然，崔奶奶唉呀一聲。

「奶奶，怎麼了？」溫日晚也跟著停下手邊動作。

「其實除了妳之外，還有……」話才說到一半，室內電話便響了起來，崔奶奶拾起話筒：「喂？好……我記得放在第三個書架，我去找找，等會兒拿過去給你。」

掛上電話，崔奶奶對溫日晚簡單解釋：「是我丈夫，他請我拿本書過去，妳也跟我一起上來吧。」

但不到三秒，室內電話又再次響起。

「汪小姐您好……有的，我們有承接婚禮合作——」說著，崔奶奶拾起筆開始在空白紙上筆記，

「……不好意思，請您稍等我五秒。」

語畢，崔奶奶側頭輕聲：「日晚，麻煩妳到書房拿花草圖鑑好嗎？那是一本紅皮硬殼書，找到後拿去給崔爺爺，他人在溫室裡。」

「好。」接獲第一項任務後，溫日晚轉身踏上二樓。

走進長廊，除了畫作之外，那一張張攝影照更吸住了她的目光，日本的清水寺、法國的艾菲爾鐵塔、孤身一人漫步於街頭的長靴男子、彎腰撿拾貝殼的藍眼女孩、傘下牽手相偎的老夫婦……

每張照片下方都寫著一串姓名與日期，那些攝影照皆來自於崔美瑛之手。

溫日晚走進最深處的書房，面積大得幾乎都能玩躲貓貓，唯一缺點是裡頭沒有窗戶因此顯得有些昏暗，空間中飄盪著一種老舊卻雋永的氣味。

隨著腳步移動，牆上的感應式壁燈也一一亮起，被如此驚人的書堆團團包圍，一時之間溫日晚差點

忘記前來的目的。

「奶奶說在第三個書架……」溫日晚轉進第三步道，一會兒仰著頭一會兒低下頭尋找那本紅皮硬殼書。

但她太專注於尋找書籍，結果一個沒注意就被腳邊的凳子絆了下，驚慌之餘她整個身子失去平衡，順勢就往一旁老舊書架倒去，下一秒，書本便嘩啦啦地如落石般傾瀉而下——

「啊！」一瞬間來得太快，深知已來不及躲的溫日晚下意識地抬手護住頭部，但兩秒鐘過去，她卻遲遲感覺不到任何疼痛。

「好痛……」疑惑之餘，她反而感覺到的是背脊正貼著一道厚實的溫暖，以及頭頂傳來的那氣若游絲的哀號。

「梁斯望？」

溫日晚猛然轉身，杏眸睜得老大，顧不得驚訝，她急忙問道：「你、你還好嗎——」同時眼珠子快速仔細地審視他身上有沒有哪裡流血了。

「沒事，還沒死。」他吃痛地咬著牙，按了按遭受重擊的肩頸。

「對不起，害你被書砸到。」溫日晚生感愧疚，因為自己的疏忽結果害得對方白白挨了一記疼。

「所以妳又欠我一個人情了。」梁斯望扯了扯嘴角，接著他蹲下將散落一地的書籍輕柔小心地一一歸位。

見狀，溫日晚也立即幫忙，兩人合力，很快就將滿地狼藉恢復原貌，於此同時，她也找到那本花草圖鑑。

「不過你怎麼會在這裡？」方才場面太過混亂，直到現在靜下心後她才想起這個問號。

梁斯望把玩著架上的迷你地球儀，神祕兮兮地道：「妳猜猜看。」

溫日晚懶得跟他玩猜猜樂，也許他是崔奶奶的孫子又或是跟她一樣來打工的吧，倒是這世界真小，連這樣也能遇見……不對，連隔壁鄰居這種戲碼都給她碰上了，還有什麼不可思議的？

「那你從一開始就待在書房嗎？」

「不是，我是在妳進去之後才進去的。」

梁斯望如此回答。當時他見門敞開還以為遭小偷了，因為平時這扇門總是緊閉，結果才剛踏進一步就赫然撞見她嬌小的身影穿梭在書架與書架之間，惡趣種子悄悄萌芽，他躡手躡腳地偷偷躲在後方的角落，想跟她來玩場躲貓貓。

「你走路都沒聲音的嗎！」她又心想，噢不對，貓咪走路本來就無聲無息的嘛！

「也許……我是假的梁斯望，真的梁斯望可能還在家裡呼呼大睡。」他瞇眼一笑，想嚇唬她。

溫日晚對他的胡言亂語絲毫無動於衷，「你才不是鬼，你是……」

「我是什麼？」

你是一隻奇怪的貓！溫日晚在心底高聲吶喊，不知為何竟不敢說出口。

須臾，溫日晚與梁斯望邊打鬧邊步下一樓，正忙著裁剪緞帶的崔奶奶一見鬥嘴的兩人微訝地唉呀了聲。

「我原本打算跟妳介紹一下阿望的，看來你們兩個已經認識啦。」崔奶奶微微一笑。

「奶奶，上次不是跟妳說過我跟日晚是鄰居嗎？」梁斯望淺淺發笑。

「對喔，果然人上了年紀這記憶力都衰退了。」

「奶奶，我先把圖鑑拿去給崔爺爺了。」溫日晚莫名地有些小尷尬，禮貌告知後便匆忙推開門。

胡桃木門上的風鈴叮噹叮噹，崔奶奶不明所以，看著往反方向跑的溫日晚越跑越渺小，「溫室不在那個方向呀……」

溫日晚兜了幾圈才找到溫室。途中，她一邊走一邊回想著梁斯望說的話。

所以梁斯望早就知道她會來這裡囉？也難怪在書房時他完全沒有如她一般大為吃驚的表情，反而就像他早已料到了一切。

要是沈眡知道梁斯望也在這裡她肯定會覺得很扼腕。溫日晚忍不住替好友感嘆。

走進溫室，溫日晚越過重重花架遠遠就看見白髮蒼蒼的崔雄達身穿工作服，彎著腰修剪枝枒。

「請問您是……崔爺爺嗎？」她細步靠近，並禮貌招呼。

「我是，妳好。圖鑑放旁邊吧。」

崔爺爺回過頭，面色淡定地應聲後便繼續忙於工作，令溫日晚一時之間傻了兩秒。

後來，整座溫室像被按下靜音鍵，崔爺爺依舊神情專注忙於花藝絲毫沒有理會溫日晚，而她也只能像個跟屁蟲般到處跟上跟下。

期間，她感覺崔爺爺是個不苟言笑的人，即便不語，也能明顯感受到那沉默凜然的氣勢。溫日晚不時會詢問有沒有什麼地方能讓她幫忙，但對方卻皆一貫回答：「沒關係，不用。」

幾番打槍讓溫日晚難免失落，畢竟她是來打工的呀，而且……她真心想幫忙。於是她決定再更主動一些，當崔爺爺正將大花盆搬進鐵檯上時，溫日晚機靈地從另一側也扛起大花盆。

「爺爺，讓我來幫你吧。」

崔爺爺依然不苟言笑，僅是淡淡一道：「別讓它摔著了。」

晚間，童話小屋裡瀰漫著飯菜香。用完餐後，溫日晚挨在廚房裡幫忙洗碗，崔奶奶邊擦拭餐盤邊親切問：「還習慣嗎？」

「嗯，我很喜歡這裡。」溫日晚真心讚嘆。「但我覺得我好像來度假的，總感覺沒幫上什麼忙。」

崔奶奶欣慰一笑：「不會，我反倒要謝謝小晚妳能來，讓我感覺好像多個了孫女，以後多跟小脈一起回來玩吧。」

「好。」溫日晚心頭澆上一抹暖，允諾道。「對了，奶奶……」

「什麼事？」崔奶奶打開茶罐。

「爺爺是個不常笑的人嗎？」

「嚇到妳了嗎？」

「沒有，只是有點好奇。」

「爺爺的確不愛笑，看起來也很嚴肅吧？不過其實他是害羞，只要多多相處自然而然就能拉近距離了，阿望跟小莓剛來的時候也覺得爺爺很可怕。」想起昔日往事，崔奶奶泛起笑意。

「茶沒了——」話說到一半，崔爺爺宏亮的嗓音自客廳傳來，一點也不像是即將邁入七十歲的人。

「小晚，替我把茶端過去吧。」崔奶奶將將一壺新茶端給溫日晚，彷彿這一切都在她的掌握之中。

「好。」溫日晚接過，不禁佩服起這夫妻默契。

隔天晚上，梁斯望與崔爺爺在客廳下西洋棋，溫日晚和崔奶奶窩在廚房研究新甜點。

「完成。」崔奶奶將藍莓果醬注入派餅，最後再點綴幾粒切丁的鮮果。端至客廳，梁斯望像個愛吃糖的孩子般連手也沒洗就逕自捻起一塊大快朵頤，惹得崔奶奶朝他的手背用力打了一下。

「痛……奶奶，我很捧場耶。」梁斯望哀怨，滿臉無辜，又趁機咬下一口。

「這是小晚做的，得好好品嚐才行。」

「哦——？」梁斯望微瞇起眼，似笑非笑地轉頭對上溫日晚的杏眸，「我們日晚親手做的？」

「多半都是奶奶做的，其實我只負責……偷吃而已。」溫日晚搖頭澄清，最後還鬼靈精怪的傻笑了下，接著她發現崔爺爺已默默進攻起第二塊，她躊躇幾秒，問：「爺爺，你覺得味道如何？」

良久，惜字如金的崔爺爺才從齒縫擠出兩字：「好吃。」然後拾起熱茶喝了口，繼續下西洋棋。

見狀，溫日晚明白了崔奶奶當時所說的話語。她悄悄望向崔奶奶，正在斟茶的崔奶奶回以一個溫和笑顏。

洗完澡後，溫日晚大字型的仰躺在軟硬適中的床上，混著玫瑰沐浴乳香氣，夜晚的寧靜逐漸侵蝕她的意識，直到枕頭旁的手機忽然震動。

一見來電人是沈䀹，瞌睡蟲瞬間一哄而散，溫日晚興奮地盤起腿然後按下通話。

「好玩嗎？我爺爺奶奶人不錯吧。」

「他們人很好，而且這座花園也太——美了吧！」

「對吧對吧，簡直就像在歐洲一樣……」

兩人從北聊到南，彷彿有說不完的話、有分享不完的事情。然後，溫日晚告訴沈䀹梁斯望也在這裡打工。

「Oh my god！好，讓我冷靜一下……現在是老天爺在捉弄我嗎？」

「也許喔，老天爺可能看妳不爽很久了。」

「我扼腕呀扼腕……」沈䀹捶心肝，欲哭無淚。「算了，那妳這個月下老人可要好好幫我喔。」

聞言，溫日晚揪著棉被一角，遲疑了幾秒才應聲：「我……盡力。」

「謝啦，愛妳！」

OK，她得好好思考該怎麼助攻呢？

接下來的日子，每天都有絡繹不絕的人潮湧進崔之花都，忙得不可開交，多虧梁斯望的指導，溫日晚也很快進入狀況。

時間飛快，她來到崔之花都已經過了一個月。接連幾天的滂沱大雨終於平息，這日天氣格外晴朗，陽光普照，綠意盎然，吸引許多被悶壞了的遊客前來。

「啊！我的帽子！」身穿蛋糕裙的小女孩蹲在一棵樹下，模樣著急無助，提著一籃玫瑰正巧路過的溫日晚停下腳步，向前關心她。

「妹妹，妳怎麼了？」

「我的帽帽飛上去了，拿不到！」小女孩淚眼汪汪。

「沒關係，姊姊幫妳拿。」

溫日晚摸摸她的頭安撫她，接著折回溫室。不一會兒她扛著一把簡易木梯走出並將其靠著樹幹，然後一步一步小心翼翼地爬上樹。

草帽被懸在不易拿取的高處，溫日晚時不時注意腳邊的平衡以免不小心摔落地面，費了好一番功夫後，她用力伸直手終於抓住草帽，接著將它扔下去。「接好！」

小女孩一把抱住心愛的草帽，「謝謝姊姊！」大聲道謝後便一溜煙跑遠了。

溫日晚揮揮手表示不客氣，但她現在遇到一個挺棘手的問題，她方才只想著怎樣才能快速拿到草帽卻忽略了爬下樹的路線，因此她現在呈現一個尷尬又詭異的姿勢趴在樹幹上。

「好吧，先踩到木梯再說……」決定不再多想，她在心底擬定作戰計畫。

然而這個作戰計畫成立不到五秒便宣告失敗，右腳才剛碰上木梯，結果重心忽然不穩，整個人稍微滑了下，恐懼再加上身體反射性保護自己的本能於是她的右腳下意識地蹬了下，結果木梯就被她踢倒了，整個躺平於地面。

溫日晚淚眼汪汪的橫抱著樹幹，要是直接跳下去，肯定不死也骨折……嗚嗚，她明明是在做好事耶！

「妳在學習如何當一隻猴子嗎？」

下一秒，梁斯望的聲音隨著冬日暖風拂過她的耳畔，溫日晚害怕地朝底下一看，只見他仰著頭一臉傻眼。

「不是……」溫日晚欲哭無淚，崩潰吼道：「我下不去了！」

梁斯望撇了眼遺落在一旁的木梯，然後將它拿起來……「欸，它壞了，其中一根腳斷了。」梁斯望晃晃殘餘的木梯屍體，一副看好戲的神情。

「斷、斷了？」

「現在怎麼辦？」

「偶、偶不知道——」心一急，溫日晚開始胡言亂語，她只覺得自己的手臂好痠，她快不行了，幾乎要崩潰了！

忽然，梁斯望這時候張開雙臂，接著朝她一道——「跳下來。」

聞言，溫日晚僵在原地，打從心底感激與感動，平常討人厭的笑臉貓在此時此刻彷彿是勇敢捨身拯救無數人類的超級英雄，他是鋼鐵人、是美國隊長、是蜘蛛人！

「可是……我很重喔。」前天洗完澡後量體重發現變胖了三公斤。

萬一她真的一鼓作氣跳下去，結果他撐不住她的重量，重力加速度之下害得他腰斷了怎麼辦？他該如何對他未來的夫人交代啊！

「有我當肉墊，妳還怕痛嗎？大不了就一起跌倒。」梁斯望一副稀鬆平常，無所畏懼的模樣就宛如「這次考試沒考好那下次再努力一點就好啦。」的那種感覺。

「那我跳囉。」溫日晚沉重宣告。

「不要害怕。」他柔聲，令人安心得彷彿只要有他在，即便天塌下來都能無畏。

於是當樹葉飛往藍空的那一瞬，溫日晚縱身一跳撲進梁斯望的懷中，最後兩人果真雙雙跌倒在地。

「……」梁斯望皺著眉，撫著生起些許疼意的腰。然後他又低眸看著正趴在胸膛上咽咽嗚嗚吃痛著的溫日晚，似乎沒有想要起來的意思，天都要黑了還繼續吃他豆腐。

梁斯望偷偷一笑，故意揶揄：「日晚，妳真該減肥了，我剛剛好像接住一塊鐵塊。」

「對不起！我馬上起來！」聞聲，溫日晚立刻像被觸電般爬起身並倒退五步，直到三秒後才慢半拍地意識到自己被狠狠取笑了，「……不是，梁斯望你說話也太直了吧，好歹我也是女孩子耶。」她面色發紅，既尷尬又羞窘，忍不住咕噥反駁。

只見他一副得逞般賴在地上，招牌笑顏在日光下閃閃發亮，她很想一拳揍下去卻又捨不得恩將仇報。

「你還要坐多久？」

「屁股好痛，沒力氣了。」

「……起來吧。」溫日晚摸摸鼻子，朝他伸出手。

梁斯望沒有握住她的手而是動作輕盈地自己站起來，他比她高出一顆頭，溫日晚只得下意識仰起頭。

「多向前輩學習。」他笑，然後轉身邁步前行。

溫日晚抱著那籃玫瑰花，凝視他高瘦的背影，忍不住嘆息心想：她欠他的人情似乎越來越多了。

隔天，崔之花都很臨時的休園一日，因為昨晚崔爺爺不小心扭傷腰了，幸虧無大礙，只要乖乖臥床休養即可。

吃早餐時，崔奶奶告訴溫日晚，既然今天休園，就去附近走走休息一下吧。

但溫日晚坐不住，吃飽後就咚咚咚的跑到溫室，接下崔爺爺平時的一些基本例行公事。

一大清早出門送貨的梁斯望回來時正巧途經溫室，他看見溫日晚，接著默默雙手環胸挨在一旁側柱，好整以暇地觀察起，她像隻勤奮向上的小工蟻東跑西奔，彷彿有用不完的元氣。

直到過了好半晌，他才扛起腳邊那箱新鮮蔬果徐步離開。

「小晚，過來一下。」

風和日麗的午後，當溫日晚捧著澆花器走回屋子時，仰臥在沙發上的崔爺爺朝她招手。

「爺爺，腰又疼了嗎？」溫日晚趕緊向前關心。

經過這段日子以來的朝夕相處，崔爺爺甚至還會學崔奶奶一樣稱呼她為小晚。

「幫爺爺個忙，酒窖第六個櫃子第五排有瓶標誌是紫色菸斗的葡萄酒，能不能幫我拿來？」

「可是你的腰——」

「不礙事，妳就幫爺爺個小忙唄。」崔爺爺擠眉弄眼。平時老太婆管得嚴，趁著老太婆外出購物好歹得花上兩小時，他得把握這個機會偷喝幾口才甘願！

「好。」被崔爺爺逗趣的央求影響，溫日晚點點頭。

進入中世紀風格的地下酒窖，低溫令畏冷的溫日晚搓了搓掌心，鼻息間繚繞著淡淡酒香。找到葡萄酒後，溫日晚忽然想多待一下，放眼望去，坪數雖不算大但許多交錯的酒櫃再添上昏暗的琥珀色燈光，極其容易讓人眼花撩亂頭暈目眩，她不禁心想連這裡也能玩躲貓貓……

與此同時，溫日晚餘光發現酒窖一隅有個影子，她悄聲上前，發現梁斯望正蜷坐在那兒閉著眼，氣息平穩。她默默蹲下身子，觀察幾秒，梁斯望果真睡著了。

「呿，偷懶鬼。」他的嘴微張，像個孩子般睡得很香甜，溫日晚滴咕幾聲。

如此近距離觀望，溫日晚忽然開始研究起梁斯望的臉。

他的肌膚以男孩子來說算相當好，深邃大眼，高挺鼻樑，紅潤嘴唇，而且原來他是內雙。

視線上飄，他的頭髮真的就像紅酒的色澤，看起來既蓬鬆又柔順，讓人好想伸手偷摸一把……

回過神來，溫日晚發現她還真做出行動了，只見她的手掌輕輕擱在他的頭上，屏著氣息，小心翼翼地摸了幾下，然後她在心底抱頭尖叫：「天啊，好、好可愛！」

簡直就像是在摸一隻睡著的貓咪嘛！

然後瞬間，溫日晚的頭頂彷彿冒出兩根惡魔小角。

她從口袋摸出一條唇膏，接著以極輕、極小心的力度，並且極力忍住笑意對梁斯望的臉開始大、畫、特、畫——

半小時後，崔爺爺正經危坐縮在沙發一角，乖乖接受正發怒著的崔奶奶的叨罵。事情發生在十分鐘前，正樂孜孜品嚐葡萄酒的崔爺爺怎麼樣也沒料到崔奶奶竟比預期時間還早回來。

面對顛覆往常慈祥的崔奶奶，識相的溫日晚躲在工作桌後，邊把玩著撲克牌邊時不時抬眼觀察戰況。

這時，睡眼惺忪的梁斯望從酒窖走回客廳。

「阿望，你評評理，醫生都說別喝酒了結果這老頭還死性不改——唉呀，你的臉！」

霎時，躲在角落的溫日晚見到自己的「傑作」出現，連忙扔下撲克牌摀著嘴巴，笑得樂不可支。

活該，這下換你被我耍了吧！溫日晚得意得很，鼻子翹得老高。

聞言，一臉黑人問號的梁斯望照了照牆上的鏡子，只見他的雙頰被畫上三根又粗又醜的像是貓鬍鬚一樣的紅色線條。下一秒，他很快就意識到把自己搞成這副滑稽模樣的兇手是何方神聖。

看來這座花園似乎不小心闖進一隻老鼠王了。

「溫——日——晚——」

梁斯望皮笑肉不笑，轉過頭視線不偏不倚瞄準正在竊笑的溫日晚，猶如惡魔低語般的呼喚撞擊溫日晚的耳膜。

「哈哈哈哈哈，你活該！」

「過來。」

「才不要咧！」

「站住，看我怎麼修理妳！」

於是，又一場戰爭開打，那是一場貓捉老鼠、鼠跑貓追的世界大戰。

貓頭鷹時鐘滴答滴答，時針與分針一格一格向前邁進，夕陽緩緩墜入地平線，隨之取代的是深藍色的夜幕，細小星子閃閃發亮著。

溫日晚啃著一根焦香四溢的烤魷魚，上頭還塗了老闆自製的辣醬，小小身子跟在手裡拿著好幾袋美食小吃的梁斯望屁股後。

「吃太胖小心會被殺掉喔。」瞧他兩手提得滿滿的，她冷冷調侃一句。

「要不要吃？有章魚燒、熱狗、棺材板、臭豆腐……都被我咬過囉。」將一顆章魚燒塞進口中，梁斯望大方地與溫日晚分享，卻還是不改惡趣心。

「不要，你自己吃。」溫日晚嫌棄。

廟會裡人潮眾多，熱鬧喧嘩聲與攤販吆喝聲相互交織，令人垂涎三尺的美食琳瑯滿目。

而這片人山人海也幾乎要將溫日晚淹沒，經過一攤販賣拼圖的店家時，她稍稍停留了片刻，結果後方接踵而來的人群忽爾湧上使得她與原本走在前方的梁斯望中斷了距離。

「等、等一下！」溫日晚顛起腳朝他的背影小小呼喊了聲。

不到兩秒，他立刻回身捉住她的纖細手腕。

「走失了我可不管妳喔。」

「我——」

碰、碰碰——

溫日晚正想開口，煙火聲就將她喉嚨的話語給堵住。

他們同時仰頭，紅橙黃綠藍靛紫的火光美得不切實際，朵朵煙花於漫天星宿中亮麗綻放，宛如是今夜最璀璨的畫面。

「妳剛才要說什麼？」梁斯望側頭。

溫日晚依舊仰望夜空，接著歪過頭，對上他被煙花映照得一閃一閃的雙眸。

「崔奶奶說得對，廟會的確很好玩。」她說：「還好你有帶我來。」

「現在鎮上有舉辦廟會，很熱鬧喔，小晚也去看看吧。」崔奶奶邊泡著烏龍茶邊說，「阿望，你知道在哪裡對吧，我記得上次你跟小莓有去過……。」

正跟崔爺爺在下圍棋的梁斯望僵住一瞬，一個閃神，指間的黑棋框啷落下。

「回來時記得幫我買碗貢丸湯。」

直到崔爺爺的聲音自對面悠悠響起，他才恍惚地收回迷失的心神。

「廟會嗎……」溫日晚有些心動。

「走吧。」目光仍放於棋盤，梁斯望說：「我帶妳去。」

溫日晚咬著麻辣魚蛋，像在觀察生物細胞般偷偷盯著梁斯望瞧。

「妳真的很喜歡偷看我喔。」梁斯望冷不防撇過頭。

「你看錯了，我是在……看那個好嗎！」她遲疑一秒，食指指向一旁不太起眼的刺青店。

「這樣啊，走。」

「走、走進去嗎？」

豈料，溫日晚說完後梁斯望便筆直朝刺青店邁去，她來不及反應，只能揣著小慌張跟上。

一進店裡，師傅簡單招呼，刺龍刺鳳的手臂與高魁壯碩的體態儼然像從黑道電影走出的角頭大哥，令溫日晚有些不寒而慄。

「梁斯望……我們出去了吧。」

「妳不是想刺嗎？」

「我開玩笑的……」

「不曉得要刺什麼的話，那些都可以翻一翻，不急。」此時，師傅指向桌面上那些A4大小的本子。

礙於店家都開口了，況且也是自己惹的麻煩，臉皮薄的溫日晚只好乖乖掀開，結果，她越看越心動，甚至最後陷入不知該選擇哪個圖案的猶豫漩渦。

「玫瑰比較適合妳。」

驀地，方才還在與師傅閒聊的梁斯望冷不防的出現在她身側，右手臂撐在她的右手腕旁。

「為什麼？」溫日晚下意識地反問，不過已默默決定就是玫瑰了。

「直覺。」他笑。

「好，那就玫瑰。」於是溫日晚站起身，即將體驗人生第一次的刺青。

走出店外，溫日晚滿意地不停端詳自己的左手腕，白嫩肌膚上躺著一朵玫瑰花，簡約又別緻，令她愛不釋手。

「還好有聽你的。」溫日晚漾起一張甜甜笑臉。

梁斯望淺笑不語。

其實他只是推了她一下而已，那時他見溫日晚雖然在向日葵、薰衣草與玫瑰之間猶豫不決，但只要多觀察一秒就能發現她在玫瑰那頁停留特別久。

吃飽喝足後，他們有一搭沒一搭的拌嘴，晃著逛著不知不覺闖進某座電動遊樂場。

「欸，梁斯望！我們來比賽。」不知是否有著夜貓子的本質又或是此時心情大好，一見到籃球機，她便扯著嗓子主動對他提出挑戰。

「輸了可別哭喔。」他捲起衣袖，鬥志高昂。

兩人廝殺了幾局，最後比數為三比二，溫日晚以一分之差獲得勝利。

「跳舞機，敢不敢？」他不服輸，又遞出戰帖。梁斯望不敢相信自己竟會輸給一個白白胖胖的小綿羊，他以前可是高中籃球隊隊長欸！

「來啊！」身為贏家的溫日晚沒在怕的，甚至還口出狂言：「輸的請吃飯，賭不賭？」

「完蛋了，妳的荷包準備哭天喊地了。」梁斯望勾起嘴角，笑得陰險。

扛著荷包壓力的兩人奮力舞動，揮汗如雨，簡直把跳舞機當世界街舞冠軍賽在廝殺，最後——

「你坦白講，你其實不是歌手……是神經病對吧！」溫日晚盯著不停前進的影子，接著側頭睇眼質疑樂得像中頭獎的梁斯望。

「日晚，我很認真在跟妳比賽。」梁斯望滿臉無辜，但那爽歪歪的小表情可完全出賣了他。

「最好是。」

溫日晚憶起方才的畫面，明明只是一個飯局的賭注，為什麼他可以那麼拚命？彷彿全身都燃起火燄，還吸引不少圍觀的民眾，好尷尬。

這不是她認識的梁斯望啊！

「我不會對妳說謊。」他的大掌囂張地擱在她的頭上。

「你好煩，都亂了啦。」

鄉野間沒有光害，一片片稻田被鋪上薄薄星光，溫日晚與梁斯望兩人步伐一致，併齊邁前。

緣分真奇怪，幾個月前的她肯定不會料到未來的自己竟會與梁斯望吵架鬥嘴逛廟會，甚至現在一起走在這座玫瑰花園中。

認識至今，他們像被緣分捉弄般有過無數次巧遇，既是隔壁鄰居又是……朋友，然而她對他的一切卻並不瞭解，幾乎能稱得上是一無所知。

對溫日晚來說，她對梁斯望的印象是——他是一個奇怪的人，他是一隻奇怪又神祕的笑臉貓。

他就像《愛麗絲夢遊仙境》裡的那隻笑臉貓，好像對一切事不關己，臉上總是帶著一張笑臉，時而溫柔、時而陰險、時而神祕、時而輕浮、時而調皮，讓人猜不透他的下一步會怎麼做。

不知是他太聰明，還是自己太愚蠢，有時候她覺得自己就像是隻被貓咪玩弄在貓掌中的玩具，明明覺得他討厭，但他身上那股獨特氣質卻又讓她不自覺想主動靠近。

可是，他卻總是來無影去無蹤，想找他的時候半個人影也沒瞧見，結果沒多久後他又默默出現在你面前。

「溫日晚。」走在兩排松柏樹間，暈橘路燈斜斜輕落，梁斯望忽爾喚聲。

「嗯？」

「妳有喜歡的人嗎？」

聞言，溫日晚微訝，有些意外他會問她這個問題。

若是現在……沒有；若是以前……有。

於是她搖頭：「沒有。」然後反問：「那你呢？」

「給妳猜猜看。」

又來了，又是這種模稜兩可的答話！溫日晚氣惱，不想理他了。

不過既然現在聊起關於感情的話題，她這個月下老人該上班打卡了——

「梁斯望，你喜歡怎樣類型的人？」溫日晚保持自然的口吻問道。

「我喜歡……女生。」

「……」溫日晚啞口無言。「那你喜歡長髮還是短髮？」

「長髮，最好還要黑直髮。」他異常認真，令她有些狐疑。

「身高呢？」

「既然我是一八五的話，那就一百六十五上下。」

「個性呢？」

「活潑外向、聰明能幹，可以的話強勢一點也不錯。」

「那——」

「老實講，妳是不是暗戀我？」

「怎——麼——可——能——」溫日晚浮誇的大聲否認。

「哇，怎麼辦，妳好像都和條件相反欸。」他惋惜地兩手一攤，唇角上勾。

溫日晚一愣。黑直髮，她是普通的咖啡色及肩短髮；身高，她才一百六十公分；個性，大概只有「活」吧。喂喂不對，她又不喜歡梁斯望，她幹麼那麼認真檢討自己啊！

「不是我，是沈——呃……」

「不是妳，那是誰？」

「是……」慘了，她太激動，一不小心差點說溜嘴。「以後你就知道了。」於是她靈機應變，隨意抓了個模稜兩可的說法。

這種事可不能隨便替人講出口，要是被沈眡知道了肯定被當場殺掉。

但以梁斯望剛才的回答來看，他的條件都跟沈眡的特徵有異曲同工之妙，而沈眡現在跟梁斯望也是朋友，想必以她的能力一定很快就能將這隻貓變成囊中之物。

哇，她這個月下老人根本毫無用武之地。

「妳從來就沒有喜歡的人嗎？」梁斯望又突然丟出一個問句。

溫日晚再次搖頭，一瞬間，她眼眸微歛，盯著不斷向前的鞋尖，語氣卻又肯定：「有，我曾經很喜歡很喜歡某個人。」

那對桃花眼她一輩子也忘不了。

她曾經很喜歡顧爵。

但不是每個喜歡都能輕易說出口，也不是每個喜歡都能毫無牽掛的去放膽喜歡。

她想老天爺沒那麼壞，當她努力把那份感情藏起來後，痛快地傷心了幾天，幸好，隨著時間的流逝，她對他的那份愛意似乎就逐漸淬鍊成家人般的友情了。

「後來呢？」

「沒有後來了。」杏眸一眼不瞬的望著那顆明月，默語片刻，她才緩緩吐露：「當時我和最好的朋友喜歡上同一個男生，但我不希望她傷心難過，因為那樣的話我跟那個男生也會覺得難受，我們的友情也會跟著崩盤，所以我選擇放棄，但最後還是被她知道了。」話至此，她的嘴角連自己都沒察覺地悄悄墜下。

與相處十年的好友最終走向難堪的分離，對她來說是一種比皮肉痛還無法忍受的煎熬。

她真的很想念陳小詩，可是她害怕對方依舊不願見她。

「那妳自己呢？」

溫日晚抬起頭，月光下，她幾乎能望見他瞳孔裡自己的倒影。

「明明喜歡卻選擇放棄，妳有替自己想過嗎？難道妳就願意讓自己傷心難過？妳覺得這樣就是最好的選擇？」

一字一句敲擊著她的心，此刻的他與方才輕浮頑皮的模樣差異甚大，話語不帶任何一絲情感，彷彿一個沒有生命的木偶。

聞言，溫日晚無法回答，因為這是第一次有人如此問她。

當時的她，一心一意只想守護他們三人的友誼。

溫日晚從高二那年夏天開始意識到自己對顧爵抱持著有別於好友的感情，直到冬天的來臨，她的那份喜歡也宣告結束。

因為顧爵和班上幾個男生闖禍了，放學被留下打掃，於是她跟陳小詩兩人便一如往常騎著腳踏車到附近的河岸公園聊天吃點心。

然後，陳小詩說……

「日晚，我跟妳說一個祕密。」

「什麼祕密？」

「我好像喜歡上顧爵了。」

當下溫日晚的確驚訝，但接著她想，大家的生活圈都在一起，喜歡上同一個人也是很正常的事情。可是，陳小詩是她的好朋友，顧爵也是她的好朋友，這樣一來該如何是好？

溫日晚瞭解陳小詩，她明白她的個性，她只要下定決心了就絕對不會放棄。

而當時的溫日晚比起自己的愛情，更在乎他們三人的友情。

所以，在夕陽沒入地平線之際，她便決定這份對顧爵的愛情將會變成一個永不見天日的祕密。

後來，溫日晚真的做到了，同時真心地、努力地扮演助攻的角色。

只可惜，無論她再怎麼助攻，顧爵與陳小詩始終走不到情人這一步。

高三畢業前夕，陳小詩告訴溫日晚，她要在畢業典禮當天向顧爵告白。

溫日晚當然支持，並希望能順利成功。

熟料，命運愛捉弄世人，深埋於黑暗中的祕密最終還是被陳小詩知道了。

畢業典禮當天，拍完合照後溫日晚偷偷摸摸地依照計畫躲到中庭的大樹旁，等待陳小詩與顧爵的來臨。可最後，等到的只有陳小詩。

溫日晚察覺不對，猶豫是否該上前之時，彷彿有心電感應般，陳小詩回過身，喚了聲她的名字。

「妳不是跟顧爵約好了嗎？他……妳怎麼了？」溫日晚先是左右張望了下，接著注意到陳小詩的沉重表情。

「妳明明也喜歡顧爵為什麼不告訴我？」

陳小詩的一字一句狠狠割破闇黑，溫日晚愣在原地。

見陳小詩的臉色越漸難看，溫日晚急了，慌張地想握住她的手，卻被揮開。「小詩，我不是故意不告訴妳的——」

「妳一定想不到，剛才班長把去年七夕寫的許願籤發下來，我知道妳先來這裡了所以我就幫妳拿，我不小心把它掀開，就發現妳寫在角落的字，要不是我的疏忽，否則我恐怕到現在都還不知道原來我跟我的好朋友竟然喜歡上同一個男生！」

陳小詩說著，眼裡是怒火與失望，然後她將掌心中那張已被捏皺的許願籤塞給溫日晚。

溫日晚的腦子亂成一團，只能愣愣打開那張許願籤，那串詞句毫不掩飾地撞入眼簾。

——坐我隔壁的

去年七夕，班上規劃了一個小活動。大家在籤上寫下自己的心願或期許，直到隔年再發還給大家，並且審視自己是否有完成。

當時，溫日晚不知該寫什麼所以就寫了個世界和平。而陳小詩則寫下希望自己未來能到英國生活。

「日晚，我們各寫一個祕密好不好？」陳小詩咬著筆桿，「然後明年我們再互相交換。」

「但祕密不就是只有自己知道所以才被稱為祕密嗎？」溫日晚吃著棒棒糖。

「有什麼關係，來玩玩看嘛。」

於是，溫日晚開始思考該寫什麼祕密，她並沒有祕密，就算有……陳小詩也早知道了。

「靠，把你的鼻屎拿開啦！」

這時，坐在她身旁的顧爵忽然大喊一聲，接著扔下寫著「當大富翁」這四字的許願籤後就一路追打同學。

打鬧之餘，顧爵恰巧與溫日晚對上眼，那瞬間她像祕密被窺探般逃亡似的低下眸，接著再抬起頭，顧爵他們已經扭打到走廊了。

「妳寫好了嗎？」陳小詩問。

她寫的祕密是——希望她們能永遠這麼要好，即使畢業了也不分離。

其實陳小詩自己也覺得奇怪，為什麼這些話不直接告訴溫日晚，竟還把它當成一個祕密，但她就是害羞嘛。

「快、快了。」溫日晚在許願籤的左下角寫下五個字。

「那我們明年再一起打開吧。」

「好。」

然而，她們卻無法如願。

鳳凰花遍地，陳小詩繼續道：「妳或許不記得了，其實跨年那天我曾趁著妳喝醉時問妳妳在許願籤上寫的祕密是什麼，妳起初不告訴我，但我一直盧妳，妳才透露……那個祕密是關於妳喜歡的人。」

溫日晚聽著，想要解釋，卻無能為力。

「妳在許願籤上寫的是『坐我隔壁的』，而當時坐在妳旁邊的是顧爵，如此推論下來……妳喜歡的人就是顧爵。」

陳小詩的眼淚滑過臉頰。溫日晚心頭一緊，酸澀的情緒逐漸匯聚於她的杏眸。

「妳明明喜歡顧爵但為什麼不告訴我？不告訴我就算了，妳竟然還反而想要幫我……」

每當她與溫日晚分享那些關於顧爵的心事時，她是怎麼想的？

每當她感謝溫日晚貼心地替他們製造機會時，她有什麼感覺？

每當她總嘻笑說溫日晚是她的愛神邱比特時，她難受不難受？

一邊是自己的好友，一邊是喜歡的男生，這一切對溫日晚來說，她究竟是如何承受的？

又或著，其實她在心裡取笑她，恥笑她是被蒙在鼓裡的笨蛋。

「因為我不想看到妳為難，所以我才——」

「那妳可以跟我說啊，我們可以溝通啊！」

「對不起……」

滾燙淚水蔓延她的臉，「我們明明是好朋友，不是嗎？」

溫日晚的雙眸也早已紅腫，不安與害怕恰如火山爆發般，正一點一滴侵蝕她全身。

後來，溫日晚與陳小詩不歡而散。

當時顧爵相當莫名其妙，原本好好的兩個人為何忽然之間像絕交似的。

他跑去問陳小詩，陳小詩的臉很醜很臭，比妖怪還恐怖，固執又憤怒地只回以他一句：「我心情不好，別煩我。」

於是他又去問溫日晚，結果她也一樣，無精打采，死氣沉沉，一句話也不說。

「妳們到底是怎樣，有話好好講不就得了？」顧爵毫無頭緒，左右為難。

而直到最終，顧爵也受不了了，開始跟著鬧起彆扭，生起悶氣。

最後，搞得三個青梅竹馬不知不覺陷入了無限輪迴的冷戰。

不久，陳小詩便啟程飛往英國留學，直到現在。

溫日晚想念她，也想要與她和好。可是她的勇氣隨著陳小詩的遠去也消失無蹤了。

過去的事情就讓它過去，人不能永遠活在過往，總得朝未來邁進。

關上記憶抽屜，默默傾訴完後溫日晚忽爾鬆了口氣，這些事沈眽是知情的，只是她並不清楚細節。

當時沈眽聽完後只說：「每個問題都不會有最正確的答案，只有對當下最適合的答案，所以無論結果是好是壞，妳都必須為自己負責。走吧，姊姊請妳吃咖哩飯！」

「梁斯望，你是第一個聽我說完全部的人。」

他沒有回答，僅是仰著頭，望著不知名的遠方，不知道有沒有聽進，不曉得在想些什麼。

而溫日晚直至這刻才覺得奇怪，她為什麼就這樣不知不覺對梁斯望全盤托出了那些苦澀往事呢？

啊，也許是天邊的月亮在作祟吧。

「溫日晚。」

良久，梁斯望的低沉嗓音劃開寂靜，猶如今夜的涼風，輕柔地拂過她的耳畔。

沾染著月色的畫筆悄悄為他紅酒色的短髮點綴上小燦光，梁斯望停下腳步，面向溫日晚。

溫日晚也跟著止住步伐，水汪杏眸眨著疑惑。

兩人身處一片玫瑰花海中，他好看的眸中佇立著她小小的身影，直到一瓣嫣紅自花稍墜下轉而飛往那片星空，然後梁斯望說——

「溫日晚，在感情路上，不僅要學會愛人，更要懂得愛自己。」

# Chapter4
# 不願被瞭解的眼淚

寒假悄悄結束。

離開玫瑰花園那天，崔奶奶將一盒親手烤的餅乾以及一束玫瑰當作禮物送給溫日晚。

「謝謝奶奶。」溫日晚受寵若驚。

「要再回來找我們玩呀。」崔奶奶撫摸她的臉頰，就像在跟自己的寶貝孫女叮嚀般。

「會的，一定會。」溫日晚甜甜一笑。

「奶奶，為什麼只有日晚有禮物？我每次離開時都沒有喔。」窩在一旁抱著啄木鳥造型郵筒活像被拋棄的梁斯望可憐兮兮的提出抗議。

「你這三天兩頭就跑來蹭飯的臭小子還需要什麼餅乾？」崔奶奶倪了他一眼。

「太不公平了。」抱起腳邊的花盆，梁斯望哇啦哇啦鬼叫走回屋裡打包行李。

之後，崔爺爺與崔奶奶相依偎佇立在崔之花都的入口與他們道別。

「再見——」溫日晚用力揮手。

總有一天，她一定會再回來的，絕對。

冬末涼風吹拂，將稻田掀起一波波翠綠浪濤。倚在行李箱邊，溫日晚抱著花束隻身在榕樹下的站牌等待公車駛來。

此時，一道引擎聲突破田野寧靜自遠方呼嘯而來。帶著安全帽的梁斯望拉開面罩，笑咪咪地朝溫日晚問：「需要幫忙嗎？」

她挑眉：「我以為你走了。」

與爺爺奶奶道別後不到幾分鐘，溫日晚轉身就發現梁斯望不見了，當下她不以為意，心想大概是先走一步了，結果現在卻出現在她眼前。

「妳要回家嗎？」

溫日晚點頭，「昨天數羊數到五點半才睡著，現在好睏。」她眼皮下浮著淺淺黑印，「你呢？」

「因為下午還有約會，所以得先回家一趟。」

「喔。」她嗤之以鼻，瞧他一副花花公子哥的自戀神情，只差沒有學花輪撥瀏海了。

「既然都要回家，本大爺就順路載妳一程吧。反正我們就住在隔壁，不是嗎？」

聞言，溫日晚霎是心動，畢竟公車還要四十分鐘才會來，她就厚臉皮答應吧！

「麻煩大爺了！」語畢，溫日晚嘿嘿一笑直接將行李箱塞進前方踏墊，接著腿一跨就坐上機車後座。

「日晚，妳似乎越來越不客氣了。而且妳的安全帽呢？」

「對吼。」溫日晚尷尬地跳下車，待他從車廂掏出另一頂遞給她後才又坐上。

溫日晚張著鬼靈精怪的笑臉，攀上他的肩，下令：「出發，GO——」

「是，船長。」梁斯望無奈一笑。

春季，粉嫩桃花磅礡盛開，為大地染上爛漫氣息。

「你們又在偷打牌！」

微炎午後，韋薇雙手環胸，瞪著窩在辦公室角落的三人。

三人面面相覷，彼此相互使眼色。

「學姊，這是一點休閒娛樂嘛！」顧爵挺身而出，「況且我們事情都做完囉，不信妳可以去檢查。」

「阿不就好棒棒？」

韋薇仍臭臉，她可是處理那些雜事忙到連午餐都沒吃耶。

「欸對了阿蔚，老頭說有事找你。」火冒三丈之餘，韋薇也不忘轉達主任委託的通知。

「噢。」收到指令，他立刻奔去。

韋薇倒上沙發，旁邊正在打期中報告的溫日晚見狀，倒了杯香草茶後拖著電腦椅一路溜到她身側。

「這是沈眂送的，香草茶能降火氣。」她笑眼咪咪，像個推銷員。

「學生會裡就屬妳最貼心了。」

韋薇接過，卻擱在膝上，她凝視著杯裡那小漩渦，轉呀轉，時空彷彿也被倒轉。

「以前曾有個人特別喜歡喝香草茶，每天辦公室裡都是香草茶的味道……」她突兀喃道，爾後嘆息，「但那個人離開後我就再也不喝了。」

「為什麼？」

「因為我怕我會哭。」她牽強地微勾唇角，「不提這個了，要不要看相簿？有一張照片妳看了保證會笑死，阿蔚剪了一顆光頭，超憨的……」

溫日晚還來不及聽清她話語中一閃而過的哽咽，韋薇就開始在抽屜挖掘。

她翻開老舊相簿，溫日晚挨在一旁，兩人有說有笑。

「這張是在行政大樓一樓嗎？」

韋薇點頭，「那天是聖誕節，活動結束後大家一起合照留念——」話至此，她突地停頓，語氣略顯僵硬：「……妳看這個女生還穿著聖誕老人的衣服。」

溫日晚循著她的食指望去，照片中的女生黏著白鬍子卻擋不住那清秀臉顏，右眼下有顆小黑痣，笑得燦爛，她勾著左側的男生，兩人模樣親密，像極了對甜蜜戀人。

「等等……」溫日晚霎時一驚。「學姊，這個男生是不是梁斯望？」

「妳認識他？」

與現今相比，他的樣子並無多大改變，照片中的他散發著青春的純粹，彷彿一切是那麼美好無憂。

原來梁斯望曾是學生會的成員，明明他知道她也是學生會的，他為什麼從沒說過呢？

「算是……朋友吧。」溫日晚遲疑了半刻。

聞言，卻反而換韋薇的反應有些奇怪了：「那他跟世ㄇ——」意識到自己的突兀，她又緩下口氣，以稀鬆平常的口吻道：「他現在過得好嗎？」

世？溫日晚捕捉到她未完的詞句，雖感疑惑但也沒有多過問。

「是否過得好我不能斷定，至少他總是頂著一張討人厭的笑臉，老誇口自己有約會很忙碌，所以我想他應該過得很快樂……吧。」腦中閃過那些有他身影出沒的晝夜，溫日晚沉吟喃喃。

「這樣啊，你們兩個好像很要好哦。」

「沒有啦，只是因為剛好住在隔壁所以碰面的次數比較頻繁。」然後她又問：「你們吵架了嗎？」

「我們沒有吵架，只是從他離開學生會後就很久沒聯絡了。」韋薇繼續說：「記得上次我們去夜店那天吧？當時我嚇了一跳，沒想到他是那裡的駐唱歌手……畢竟妳也知道，梁斯望這個人很神祕，老是不見蹤影。」

「總是神出鬼沒。」溫日晚深有同感。「我能不能再問一個問題？」

「什麼事？」

「梁斯望為什麼會離開？」

忽然間，韋薇看著她的眼神就彷彿溫日晚無知誤闖了禁忌森林，指腹摩娑著杯壁，面容有些複雜，最後僅苦笑：「小晚抱歉，我不能說。」語畢，她擱下杯子後便離開辦公室了。

自從梁斯望載她回租屋處那天之後，溫日晚將近一個月都沒見著他的身影。

明明就住在隔壁，他卻像從地球上消失了般。

但也只是她沒親眼看見他本人罷了，倒是從沈眽那兒聽見不少關於他的消息。

聽說，這陣子法文系正舉辦文化週，其中，梁斯望特別被系上主任指派擔任活動音樂負責人。

聽說，梁斯望意外撿到一隻小橘貓，後來他直接抱著紙箱一路送到阿法學長的家，因為他家以前算是流浪貓狗的中途之家。

聽說，某個醫學系的女生向他告白，但他拒絕了，結果對方很傷心，當場哭了出來，因為她以為他也喜歡她，殊不知只是自己一廂情願又自做多情罷了。

然後……

「我覺得，月下老人好像終於發現我了，我跟他之間的距離似乎漸漸縮短了。」沈眽說：「希望不是我的錯覺。」

沈眽說，姍姍來遲的家聚那天，梁斯望也在現場，因為幾個比較要好學長姊決定一起舉辦家聚。活動結束後，大家到某個山頂看夜景。

抵達目的地後，她下車時腳踝不小心被排煙管燙傷，所幸無大礙，不過在學姊的強迫下整晚只能乖乖休息，無法跟著其他人爬到上頭的至高處。

結果，當她深感掃興之時，梁斯望默默出現，隨後坐上她身側的空位。

「學長，你不跟其他人上去嗎？」

「我有懼高症。」他輕笑簡答，「而且阿法太不人道了，怎能把自己的直屬一個人留在這裡，這樣太孤單了。」

後來，他們閒聊了會兒，也談起關於她的、關於他的。

那夜過後，她期盼他們能不再僅是單純的熟人。

心裡有個喜歡的人，是一件幸福的事情，縱使你不知道最後的結局將會如何。

「然後我們還聊到妳。」

「我？」

「我問他『你覺得日晚是個怎麼樣的人？』，結果他回答……」

「答……？」

「『鬼靈精怪的笨鄰居。』，他是這麼說的。」

思及此，溫日晚用鞋尖踢開腳邊的小石子。

你才是自戀囂張的怪貓！

四月。

下班後，溫日晚在返家途中經過一間開放式的電動遊樂場，其中一台投籃機前有個小男孩與爸爸正輪流將籃球投進籃框，兒子因為投進了而興奮的與爸爸擊掌，媽媽則拿著手機在一旁錄影，畫面溫馨。

咚的一聲，籃球彈出機外，滾呀滾的滾到溫日晚的腳邊。

「給你。」她彎身拾起，還給前來撿球的小男孩。

「姊姊的手上有花。」小男孩發出一聲摻雜童音的讚嘆。

溫日晚低頭，對那朵玫瑰凝視了一陣，連小男孩離開了也渾然不覺。

她突然想起那時與梁斯望去廟會以及在遊樂場廝殺的回憶。

叭——

猛然劃破夜城的叫囂震醒了溫日晚，她拍了下自己的後腦杓。「失落個屁，在胡思亂想什麼……」

習慣是隱形的魔鬼。

溫日晚篤定，一定是因為整個寒假都和梁斯望朝夕相處，所以生活中忽然少了他的存在才會覺得不習慣。

反正就住在隔壁，偶爾總得敦親睦鄰一下。思及此，溫日晚停於他家門前，伸指就摁下門鈴——

一秒。

兩秒。

三秒。

看來是不在家。

之後，當她躺在床上發呆時，沈鴎傳了張照片給她並附上整整十顆的愛心。

照片中擁擠的裝載了八人，地點是在光線明亮的ＫＴＶ包廂內，踩著黑跟鞋的沈鴎站在最中間，笑得美麗，與身旁被阿法搭著肩的梁斯望手背貼著手背。溫日晚不禁想，雖然相機拍不出來，但她能明確地看見照片裡的沈鴎周遭散發著朵朵心花。

「月下老人，妳恐怕得提早退休了，哈哈。」

「好快，連紅線都還沒繫上耶。」

「月老請拿出效率來好嗎？」

溫日晚被沈鴎的俏皮回覆逗笑，不過奇怪的是，此刻心頭卻有那麼點小小癢感，就彷彿有隻螞蟻悄悄爬過。

目光輕移，她對上她身側的那雙深邃笑眼。

笑臉貓呀笑臉貓，你的存在感怎麼比101大樓還高？

那不明不白不清不楚的異樣感默默又持續了幾天。

這夜，書蟲溫日晚在書店待了兩個小時。離開書店時，外頭飄起了綿綿細雨，她站在屋簷下等待雨停。

等呀等，突然腳邊趴著一隻小橘貓，小橘貓撒嬌地蹭了蹭她的腿，溫日晚蹲下身子想摸摸牠的頭，小橘貓卻先一步躲開了她的手。

「你蹭了我的腿，我也要摸你的頭，這樣才公平。」

小橘貓眨著靈動大眼盯著她，似是聽懂了卻絲毫沒有想搭理她的意思，自顧自地開始舔貓掌，接著對她喵一聲後就踮起腳優雅地漫入雨中。

溫日晚忽然有種堂堂一名人類被一隻小橘貓耍的感覺。

然後，雨停了。

也許是月亮在作祟，溫日晚竟偷偷摸摸地跟上了那隻小橘貓的屁股後。

小橘貓不曉得要去哪兒，在夜空下繞呀繞，最後溫日晚跟丟了，隨後又發現自己不知不覺走到了那間名為Poker face rose的夜店附近。

月光下，一滴雨水忽爾落在溫日晚的頰上，接著稀哩稀哩，天空又哭了。

片刻，像被細線操縱般，她下意識地走進那座紙醉金迷的迷幻世界。

彷彿穿越無數黑洞，明明身處於五光十色的昏暗空間但她卻一眼就能望見那人。

紅酒色的短髮猶如宇宙中那朵玫瑰星雲，她一步一步向前，梁斯望背對著她因此沒注意到，反而是正與他交談的酒保大叔率先發現溫日晚，接著朝她輕輕莞爾。

「溫日晚？」

隨著酒保大叔的視線望去，梁斯望驚訝地喚了聲她的名字。

「……呃、嗨。」溫日晚僵直身子，模樣就像是孩子偷吃糖被逮個正著。

「妳一個人？」

面對梁斯望的問句，溫日晚眼珠子滾了圈，最後點點頭，有些尷尬。

「小朋友還是別待在這太久比較好喔。」梁斯望懶洋洋地微勾起唇角，饒富興味地對著她擺擺手：「快回去吧。」

「誰是小朋友啊。」瞧他那副自以為是的臭屁態度，溫日晚惱怒地一屁股坐上他右側的高腳椅，然後對酒保大叔霸氣道：「大叔，隨便來點什麼吧！」

「大叔……」聞言，酒保大叔抽動了下嘴角，忍下呼之欲出的辛酸淚滴，不一會兒就變出一杯斟著粉色液體的調酒。溫日晚淺嚐了口，喉嚨滑過甜膩，挺是好喝。

「日晚，妳來這裡做什麼？」梁斯望托著側頰，在她邁入第五口之際伸手將調酒擱下，然後問道。

「剛好路過，剛好下雨，就進來躲雨。」溫日晚回答。「那你又在這裡做什麼，今天不是星期五。」

「跟妳一樣，進來躲雨的。」

「呿。」

「別喝了吧。」

「可是很好喝。」

「會變胖喔。」

「沒關係，再減就好。」

「會被殺掉喔。」

「你自己不也在喝？」

他理所當然地勾起嘴角：「我是大人了，但妳不是。」

溫日晚啞口無言，氣結地瞪他，吧檯後看好戲的酒保大叔默默噗哧一聲。

那猖狂的笑臉忽明忽暗，這時，她覺得好像很久沒和他如此鬥嘴了，但又覺得彷彿昨天才吵完。

「梁斯望。」

「嗯？」

「我能不能問你一個問題？」

「我沒有喜歡的人。」

「咦？」她對於他的牛頭不對馬嘴而感到滿頭霧水。

「妳想問什麼？」

溫日晚躊躇片刻，才問：「你以前發生了什麼事？」

尾音蒸發，卻在這迷幻空間中投下原子彈，無聲無息引爆，沉默隨即蔓延各個角落。

溫日晚小心翼翼觀察著梁斯望的表情，試圖找出任何一點蛛絲馬跡，然而他的表情淡如泊水，目光凝視著杯裡那琥珀色液體，倒映的眼眸中流竄著隱密的憂傷，反倒酒保大叔被嚇了一跳，手中的玻璃杯應聲碎裂。

「大叔，你還好吧？」溫日晚偏頭關心問。

酒保大叔先是極其快速地瞧了梁斯望一眼，接著才撿起碎塊，莞爾：「沒事。」

梁斯望依然靜默，一秒、兩秒……溫日晚開始後悔是不是自己誤開了壺。

「溫日晚。」直到他喚聲，她被惡魔咬住的神經才終於被鬆綁。接著他笑著說：「我過得很好。」梁斯望說，我的人生很平凡，我過得很好，不能再好了，因為我有愛我的家人朋友，我可以做我喜歡的事，我能吃飽睡好——

「可是，你哭了。」

溫日晚一眼不瞬的看著梁斯望，而杏眸中的男人落下了一滴透明淚水，連他自己也渾然不知。

「而且，我還認識一個笨蛋溫日晚。」沒有理會她的話，梁斯望逕自又說。

溫日晚是第一次看見如此模樣的梁斯望，明明笑著，卻更像是張哭臉。她直到這時才意識到，這隻總掛著笑臉的貓到頭來也還是個人呀，他會笑、會哭、會開心、會傷心——

「既然過得好，那你為什麼哭了？」

「我沒有哭，我只是掉眼淚而已。」

「你……」

溫日晚覺得無言，她明明是很正經的想關心梁斯望，但為什麼他卻總是那副玩世不恭的模樣？

一股沒由來的悶氣在她的心間點燃，她撇過頭，不理他了。

直到五秒後不知何處猛地炸開歡呼聲，溫日晚才大夢初醒。

奇怪，她在鬧什麼彆扭……

溫日晚在心底問自己，然後她回過頭對上梁斯望的臉顏，那瞬間，她清楚撞見了他眼裡的憂傷。

那是她從未見過的神情。

她為方才的細碎咒罵道歉。

「那你為什麼退出學生會？」須臾，她輕問。

「沒有為什麼，我太忙了，課業與工作就足夠讓我應接不暇。」

溫日晚看著他，發現他的眼淚不知不覺早已乾涸，彷彿這一切僅是誤闖了時空裂縫。

「日晚，妳真該回去了。大叔，下次再找你算帳。」

突然，梁斯望站起身，對酒保大叔說完後逕自捉住溫日晚的左腕接著一路步向出口。溫日晚才一離座，酒保大叔又突兀叫住她，她回頭，他卻欲言又止，僅是揮手並提醒著路上小心。

雨停了，一攤攤水漥被車水馬龍激起陣陣水花。

左腕彷彿還殘留著淺淺餘溫，溫日晚走在梁斯望身後，若有所思地盯著那紅毛腦袋。

「妳是想當我的跟班嗎？」察覺到背後有個偷窺狂的梁斯望放慢腳步，與溫日晚並齊同行。

「才沒有。」

「真的？我不介意喔。」

「你最近很忙嗎？」不跟他開玩笑，溫日晚好奇地又問。她今天簡直是好奇寶寶。

「嗯，忙到沒時間買飯，所以需要個跟班替我跑腿。」

噢！她越來越搞不懂他了。

又或著是，梁斯望不願被她瞭解。

畢竟他們只是朋友，一個剛好住在隔壁的朋友。

初夏，蟬鳴欲響。

夜晚，溫日晚與沈毗以及顧爵三人在一間日本料理店用餐。

這間日本料理店隱藏於小巷弄內，坪數不大，裝潢充滿懷舊氣氛，儼然像走進江戶時代的小餐館。

「幫您上餐喔，這是抹茶紅豆冰淇淋、這是醬油糯米糰子，請慢用。」店員說。

桌面上疊滿成山的壽司盤子，旁邊還有兩個大碗公，裡頭還剩下幾口拉麵湯汁。

「謝謝顧爵葛格的晚餐，好好吃喔——」沈眡雙手合十大大感謝。

「儘量吃，全部都可以吃！」顧爵替乾扁的荷包默哀。

「老闆都主動開口了，日晚，我們再來一份玉子燒吧。」

「我再也吞不下了。」溫日晚抱著圓鼓鼓的肚子，舉手投降。

三天前，沈眡與顧爵打了個賭。

那日，學校舉行了一場游泳比賽。

歷經了初賽、複賽直到總決賽，最終對手分別是中文系以及數學系。

加油聲幾乎要衝破游泳館的天花板，同樣都背負啦啦隊隊長重任的沈眡與顧爵更是帶領團隊奮力揮舞旗幟高喊，隔著一座游泳池相互比拚。

比賽結束，由數學系獲得優勝。

雖敗猶榮，但沈眡不服氣，原因很單純，只因對手是顧爵。導火線有些離譜，也相當活該……誰叫顧爵白目惹火母老虎。

眾人依序散場時，顧爵探頭探腦好像在找什麼，接著他發現目標，朝泳池對面的沈眡扔了一張臭屁的笑臉。

那副表情分明就像一邊搖屁股一邊挑釁地說：「呵呵，老子贏啦——」

沈眡無言，她繞過泳池，一路走到他面前。

「今天下午三點在這裡游泳比賽你跟我敢不敢？」

「為啥？」顧爵對於這不在意料之中的反應感到疑惑。

「因為……老娘爽！」

「可以。」顧爵阿莎力的接下挑戰書，甚至還加賭：「輸家請晚餐，敢不敢？」

「麻煩先幫我預約法國餐廳。」沈眽渾身夾帶霸氣。

得知這場賭局的溫日晚警告顧爵最好還是主動投降，別跟沈眽賭比較好。

顧爵當然不肯，「是沈眽先找我賭的，妳怎不去叫她認輸？」

噢，要是真勸成功了她都能去參選美國總統了。

「沈眽參加過奧運喔？騙鬼啊！」

「好吧，我警告你囉。」

見顧爵一副勢在必行的模樣，又想到引爆開關就是因為他故意挑釁，於是溫日晚決定不透露答案了。

三點鐘整，溫日晚擔任裁判，哨音一響，兩人一躍而入水中，同時化身成一條魚。

「靠，妳是菲爾普斯喔！」顧爵不可置信，以為自己誤闖奧運會場。

比賽結束，獲得勝利的是母老……呃，沈眽。

一派輕鬆的沈眽披著浴巾，對還泡在水裡遲遲不肯上來的顧爵驕傲地勾起唇角，「我忽然想改吃壽司了，記得預約喔。」語畢，她邊擦拭著長髮邊優雅地走進更衣室。

「沈眂從幼稚園開始學游泳，獲過幾次冠軍，只學了一年的你雖然運動細胞超群，但想跟她比你還早個一百年。」溫日晚蹲在岸邊，遞了條乾毛巾給他。

「輸了又怎樣，男子漢大丈夫一言既出駟馬難追。」顧爵跳上岸，像隻狗兒胡亂甩甩濕透的短髮，他將毛巾圍在頸脖間，「見者有份，妳也來！」

於是，因為一個臭屁挑釁而引發的導火線最終壓榨了一個男孩的荷包，卻滿足了兩個女孩的五臟廟。

吃飽喝足後三人便離開店鋪，沈眂畢恭畢敬的朝顧爵彎腰鞠躬，抬頭時還露出一張「你活該」的諂媚笑容。

「好吃就好，吃飽就好……」顧爵在心底嗚嗚扼腕。

「下次再比一場吧。」

「老大，請放過我。」

「沈眂，妳不是跟伯母有約嗎？」溫日晚看了眼手機。

「對吼，還好有妳提醒我。」沈眂想起不久前母親來電託她外送鹹粥到她的醫院，「先走了，拜。」

後來，溫日晚與顧爵走往捷運站，兩人站在馬路邊等待小綠人出現，有一搭沒一搭的聊著。

「原來沈眂的媽媽是心理醫師喔？」顧爵說，又喃喃：「話說回來，陳小詩的爸爸以前也是心理醫師……」

溫日晚盯著自己的鞋尖，陳小詩以前常驕傲的說爸爸拯救了許多心靈受傷的人。

不久，紅燈亮起，小綠人開始散步。

「我跟妳說一件事。」顧爵的聲音猶如夏夜中被微風吹響而發出叮鈴聲的風鈴。

「什麼事？」

「其實前幾天我跟陳小詩聯絡上了，她說她過陣子會回臺灣。」

「真的？」

「她說這次是回來參加大姊的婚禮，還問要不要回母校看看……」

這莫非是老天爺給她的機會嗎？

她期盼了許久，如今時機已到，她是否該突破心中那層名為懦弱害怕的高牆了？

「然後，陳小詩問，妳過得好不好——」

「抓到妳了！」

一瞬間來得太快，溫日晚還來不及聽完顧爵的話，就被不知從哪裡突然冒出的梁斯望一把捉住左腕，然後在顧爵的錯愕叫喚下被梁斯望拉著穿越重重人群。

「梁斯望！」她皺眉，滿腹問號，「你幹麼啊？拉著我要去哪裡？」

「走，哥帶妳去吃好吃的。」梁斯望沒有正面答覆，只對她笑笑。

「可是我不餓。」

「陪我吃就好。」

「不要。」

「妳還欠我兩次人情喔。」

「但我真的不餓……」

「好吧，帶妳去一個好玩的地方。」

他俐落地鑽來繞去，彷彿整座城市他早已走過千萬遍，溫日晚再次覺得梁斯望這個人徹頭徹尾就是隻貓咪。

不久，兩人遠離鬧區的喧囂，最終停於一處靜謐舒服的地方。

「這間的果汁很好喝喔。」梁斯望帶她走至一家裝潢採橘白色調的飲料店前，話語之中他順勢鬆開她的手。

方才跑了不少路雖口乾舌燥，但溫日晚還是果斷搖頭，依舊皺著眉，腹中冒著煙氣，因為還在不爽他忽然把她抓走的事情。

她還沒聽完耶！

這時，口袋裡的手機開始震動，溫日晚一看是顧爵來電便丟下梁斯望，自己一個人走到不遠處的路燈下。

他問溫日晚她現在在哪裡，他追了一段結果跟丟了，現在很擔心，還在思考要不要報警。

其實她也一頭霧水呀，於是便以朋友臨時有急事找她的理由搪塞，要他別擔心。

掛上電話，溫日晚才正要轉身邁步時，臉頰就冷不防貼上一抹冰涼。

「啊！」

他那張得逞般的笑臉令她又是一陣怒火中燒。

「梁斯望，你到底在耍什麼寶？」

「喝點果汁消消氣。」他將其中一杯遞給她，還體貼地都把吸管插好了，黃澄澄的液體光看就生感清爽。

不喝白不喝，先喝再拷問！於是溫日晚吸了好幾口。

「要不要抽籤？買一杯可以抽一次喔，有人生、事業、學業、感情……」

「……好。」

結果溫日晚又這麼傻傻被梁斯望牽著鼻子走，邊嚼著蘆薈果肉邊在四個籤筒前猶豫，最後她選擇……

——感情這回事，複雜卻簡單，但請別害怕，好好地跟著自己的心意走吧。

漫天星星下，廣場中央站著一座噴水池，不遠處還有座庭院式迷宮，幾間店面、幾攤小吃、幾個公共藝術再加上幾張露天咖啡座就成了個迷你私房景點。

溫日晚邊咬著吸管邊端詳著詩籤，直到撞上走在前頭的梁斯望。

「噢！對不起。」她倒退一步，揉揉泛疼的額頭，同時又若有似無的聞到一種像是醫院的特殊氣味。

「還好妳的頭不是保齡球，否則我就粉身碎骨了。」他狀似痛苦的撫摸自己的胸膛。

「你去了醫院嗎？是身體不舒服嗎？」

霎時，像被掀起潘朵拉寶盒的蓋子般，只見原本笑嘻嘻的他一僵，眸底閃過錯愕，直到雲霧散去，雲後的月光灑落大地，梁斯望才說：「嗯，昨晚鬧肚疼，早上又發燒，所以才去了趟醫院。」

他理所當然地回答，可是溫日晚卻覺得那張笑臉既虛偽又造作，宛如戴了張面具，假得不得了。

那神祕眼眸好似覆著一層層水光般的膽怯，就好像、好像深怕那見不得人的祕密被發現。

「梁斯望，我們是朋友，我願意聽你說，把我當心事垃圾桶也好，所以你可以告訴我。」

雖然是假面，但是是張哭泣的假面。她心頭一軟，發自內心的對他說。

溫日晚第一次有這種心情，她想要瞭解他。

「如果妳找到我，我就告訴妳。」

一抹無聲嘆息悄悄出沒又悄悄消逝，梁斯望耷拉著腦袋又抬起頭，這回的笑臉終於不再如平常那般彷彿沒有靈魂的無憂無慮，就好像這世界的好壞都已與他無關，只剩苟延殘喘的肉體在這土地上孤單地漂泊流浪。

溫日晚還在探究那表情，孰料梁斯望一溜煙就竄入了那座迷宮。

「喂，這算作弊啦！」她忿忿抗議，趕緊起步也跑進迷宮。

兩人在迷宮中繞來繞去，溫日晚根本找不到梁斯望，她向左轉、沒人；她向右轉、沒人；她直直走、結果是死路。

「在這裡。」

他的聲音從她身後響起，她回頭，卻只捕捉到他遺留一秒的笑顏，她快馬加鞭追上，卻不見人影。

「溫日晚！」

這次聲音又是從背後傳來，溫日晚迅速轉身往前跑並伸手一抓——豈料梁斯望逃得更快，人又蒸發了。

就這樣，反覆、反覆、反覆……她拚命追他，卻又捉不到；他故意逗她，像隻壞貓咪。

「不玩了！不玩了！不玩了！」崩潰的溫日晚受不了這種被玩弄在掌中的屈辱，她氣噗噗地跌坐在地上，抖動著雙腿，像個吵著想買玩具的孩子，「你根本找不到你！」

她在迷宮一隅吼著，頹著肩，喪氣地仰頭望著那遼闊得幾乎要垮下的黑夜。

片刻，回應她的仍只有一片靜默，她精疲力盡的緩緩爬起，左右張望了下，決定憑感覺抓人。

最後她筆直朝前方走去，越是靠近，她發現那裡種滿了玫瑰，在月色下顯得格外浪漫。

「梁斯望，你在哪裡？」

「我在這裡。」他說：「妳終於找到我了。」

梁斯望從玫瑰花叢走出，他對溫日晚一笑，不再虛偽。

可是最後，他還是沒有告訴她。

不過她想，他已經願意讓她找到他了。

後來，兩人相偕步出迷宮。

「……？」走著走著，溫日晚忽然覺得自己的脖子刺刺癢癢的，她伸手一碰，摸到一大堆鬼針草。

她立馬回身，當場逮到梁斯望這個屁孩正捏著鬼針草舉至半空中，準備再朝她丟去。

「你都幾歲的人了。」溫日晚滿臉無奈，怒罵：「幼稚。」

「哈哈——」

結果梁斯望才笑到一半，氣都還沒換上，溫日晚就快狠準立刻拔了更多鬼針草反擊。

「妳敢弄我？」

「剛好而已。」

就這樣，星斗見證下，一個十八歲小屁孩跟一個二十一歲小屁孩你來我往互相丟擲鬼針草，玩得不亦樂乎。

雖然不曉得梁斯望會何時告訴她，但溫日晚深知，她的手已經搭上他心牢的門把了。

盛夏，五月暑風飛揚。

溫日晚一直認為她會等到他親口告訴她的那一刻，結果那刻遲了好久好久，率先等到的卻是那一天……

那天，去書店買書的溫日晚在回家途中突然看見梁斯望的身影從不遠處一晃而過。

這次，她不再猶豫，拔腿狂追。因為他明明與她對視整整三秒卻還是像個逃兵般落跑了。

溫日晚一路追呀跑呀，最後竟抵達了醫院。

她像個跟蹤狂，偷偷摸摸跟在他身後，為了確保他不會發現，她壓低身子時不時左右躲避……但結果，她還是跟丟他了。

「請問妳是？」

直到一道陌生男音響起，溫日晚才回過神並發現自己正突兀地站在某間病房前。她微皺眉，他分明就是走到這附近可為何半個人影也沒出現……

接著，一串好聽名字不偏不倚撞進她的視線中——宋世莓。

順向望去，病床上躺著骨瘦如柴的女子，她靜靜閉著眼，素淨面容恬靜安穩，右眼下還有一顆黑痣，睡得好熟好熟——

「小姐。」忽然間，那名男子唰地關上敞開的病房門，眼神質疑，語氣微慍：「請問妳究竟有何貴幹？」

「不好意思，我不是故意的——」她趕緊為自己的行為道歉。

「你又來這裡做什麼！」豈料，男子登時大發雷霆，溫日晚愣了兩秒卻意識到他瞪視的並不是她，而是……後方的梁斯望。

溫日晚轉身，發現他的臉顏爬滿了驚愕，那神情是她從未見過的恐懼。

「我已經警告很多遍了，別讓我再看見你！宋世莓有我就夠了！」只見那名男子走上前，像是在抵擋梁斯望的行動。「離她遠一點——」

「羅森，你沒有資格限制我的自由。」他音量不大，卻冷如極地寒冰。

羅森握緊拳頭，彷彿眼前之人是屠殺九族的仇人，下一秒，他揍上梁斯望的左頰，梁斯望因衝擊而倒退踉蹌幾步，他下意識碰了嘴角，指腹沾著淺淺血跡。

見狀，溫日晚立刻衝上前審視他的傷，「你流血了——」

「梁斯望……你這個殺人兇手。」

字句幾乎是從牙關縫隙間竄出，他眉頭深鎖，悲傷又憤怒，苦得彷彿隨時會落下淚，像是被岩漿澆淋，痛不欲生。

然後，羅森頭也不回，轉身走進病房，留下一地荒涼死寂。

梁斯望不著痕跡地輕輕揮開溫日晚擱在他臉顏附近的手，眉心微展，嘴角微彎，無奈道：「日晚，妳為什麼老愛跟蹤我？」

「對不起。」溫日晚囁嚅，「但你受傷了。」

「妳在擔心我嗎？」

「正常人都會擔心的吧。」

「放心，幾滴血罷了，死不了。」

面對他消極的態度，溫日晚忽地怒氣一燒，逕自洩著梁斯望強行拉去擦藥包紮。

後來，兩人安靜地坐在大廳，不發一語。

置在膝上的十根手指躊躇地纏繞在一塊兒，溫日晚一會兒盯著牆上的流感疫苗宣導海報，一會兒盯著自己的鞋尖，一會兒又用餘光悄悄瞄向身側的梁斯望……

「要看就直接看，小心眼珠子抽筋喔。」梁斯望不笨，早在五分鐘前就發現溫日晚那超級明顯的偷窺。「妳想問什麼？」

她趕緊收回視線。明明喉嚨積滿了千萬個疑惑，卻因膽怯而說不出口。

她聽見了，羅森說的那句殺人兇手。

以及，那個名字——宋世莓。

溫日晚還記得，即將離開崔之花都的那個週五夜晚。

吃飽飯後她跟崔爺爺下西洋棋玩累了便直接倒在沙發上沉沉睡去。

睡夢中，她若有似無的感覺到崔奶奶替她蓋上毛毯。

夢境裡，溫日晚獨自走在一座有許多精靈居住的鮮綠森林中，她不知自己為何會在這裡。

在芬多精的自然簇擁下，她漫無目的地走著，忽然，她看見有隻叼著玫瑰的貓咪隻身站在陽光下——

然後，半夢半醒間，溫日晚悠悠聽見爺爺奶奶與梁斯望的談話。

「小莓現在過得好嗎？電話號碼似乎也換了，明明說寒暑假都會回來的，可是卻已經兩年沒聽見她的聲音了，想當初小莓說想介紹某個好朋友過來幫忙的事就好像昨天才發生……」

「奶奶，妳放心，她過得很好，只是在國外讀書比較忙碌所以才沒能時常回來。」

「老頭子，你也很想念她吧，想當初她帶阿望來的時候你還誤會他是小梅的男朋友。」

「這丫頭……借走的懷錶還沒還我呢。」

因為意識遊走在模糊地帶，醒來後她的腦子一團混沌。

直到今日，像是觸發機關般，那些沉寂的零碎記憶又一一浮現。

宋世莓。

將至今為止的線索仔細拼湊……那張老舊相片中的女孩和病房裡躺著的女孩，她們是同一個人！

他為什麼要對爺爺奶奶說謊？

溫日晚看著面無表情的梁斯望，他耷拉著腦袋，神情孤寂。

「你很悲傷嗎？」

「嗯。」他卻笑了，「溫日晚，妳真是奇怪的人。」

「什麼？」

「明明悲傷的是我，哭的卻是妳。」

聞言，她下意識的伸手摸了摸臉頰，發現指腹沾染著濕潤。

「梁斯望，我想瞭解你，因為我們……是朋友。」溫日晚說。

面對這如此誠摯的宣言，他嘴角淺揚，露出一張已刻印在她心上的熟悉笑臉，那是他們相遇以來最為真心的模樣。

他的溫柔低嗓流淌著霸道，說：「因為老天爺讓妳知道了我的祕密，所以我也不打算饒過妳。」

# Chapter5
# 妳喜歡貓嗎？

酷夏來襲，夏季正式打卡上班。

那天後，她與他之間瀰漫著一種奇怪氛圍，而一切又彷彿毫無改變。

她依然在白天上課；他依舊在晚上唱歌。

他們會在一樓等垃圾車時打鬧個幾句，逗得房東時不時調侃他們是對冤家；她會無意間撞見梁斯望與幾個男女穿梭在校園；他會看見舞台下總是有沈眠的身影，以及吧檯旁的溫日晚；他們會在共同朋友的邀約下與對方巧遇，接觸不多，僅是幾抹對視。

溫日晚記得有一次，在圖書館打報告打了整個上午的她，晃呀晃到空中花園想透透氣，結果剛好撞見韋薇與梁斯望兩人站在那裡，似乎是在交談，因為樹叢的陰影所以她看不清他們的表情為何。

她卡在階梯，一瞬間，不知為何竟猶豫是否該繼續往上踩……

「小晚？」而當她決定往下踩之際，韋薇喚了聲。

像作弊被老師當場抓包的學生般，溫日晚回身，韋薇對她招手，後頭的梁斯望卻一臉凝重，面顏猶如一方淨水被滲入了一滴黑墨，暈染、暈染，逐漸混濁不清……

然後，又某天。打完工後的溫日晚剛走到租屋處就恰巧看見梁斯望正隻身蹲在電線杆下，面前有隻小貓咪正津津有味地低頭吃罐頭。

暈黃路燈斜斜地將他的側顏剪成一輪懷舊的溫柔光邊，彷彿框上了朦朧濾鏡。

這幅畫面深深映入她眼簾，久久無法脫離。

「嗨。」

直到一聲朗音叮的將她拉回現實，她回過神，眼底觸及梁斯望的笑臉。

「我知道我很帥，但也用不著著迷成這樣。」

他看得很清楚，她盯著他盯了整整一分鐘。

「你想太多了！」被他調侃了番，溫日晚的臉頰唰地閃過紅暈，嬌嗔：「自戀鬼。」同時忿忿地就往他的小腿踢去——

豈料，梁斯望快狠準俐落閃過，而溫日晚一個沒踩穩，砰地一聲，就與柏油路接吻。

好煩喔，竟然在他面前跌倒，還跌了個狗吃屎……溫日晚死死不肯爬起身，尷尬得簡直想把自己活埋。

滴答滴答，她已準備好接受梁斯望的無情嘲弄，可周遭卻彷彿靜音了般，溫日晚疑惑地左右張望，只發現他不知何時坐在她身旁。

「你在幹麼？」

「那妳又在幹麼？」

「我……想看星星，不行嗎？」溫日晚屈膝抱住自己，活像顆小肉球。

「可是日晚，現在沒有星星，都是雲。」梁斯望潑她冷水。

溫日晚瞪他，兩人玩起乾瞪眼，但她的攻擊力遠遠落後他的所以一下就陣亡了。

「溫日晚。」

「幹麼？」

「妳喜歡貓嗎？」

「喜歡啊。」

「喵。」

……喵？

笨蛋溫日晚遲了好一會兒才傻傻意會過來。

這是三行情書的其中一篇文，又可以被歸類在撩妹情話裡，但因為對方是梁斯望所以她根本沒有心動的感覺！這隻討厭的笑臉貓！溫日晚咬牙切齒，對正笑得猖狂的他拳打腳踢。

「走，回家了。」他故意按著她的頭頂。

「可是我腳麻……」

梁斯望一臉拿她沒辦法的朝她伸出手，殊不知竟被溫日晚反將一軍，兩手碰觸之際她用力一扯，將他又拉回柏油路。

「溫日晚妳這幼稚的屁孩！」

「好說好說，還比不上我們大前輩呢。」

暑假尾聲。

蔚藍海洋猶如一面寶石打造的巨大鏡子，在豔陽下閃閃動人，波光粼粼。

金黃海灘上，六個青春洋溢的大學生正廝殺著一場沙灘排球比賽。

男子組以阿蔚為首，隊員分別是顧爵與梁斯望；女子組以韋薇為首，隊員分別是溫日晚與沈眠。

「我會稍微放水的，別太擔心！」阿蔚站在線邊準備發球，起跳前還不忘對敵方嗆聲。

「學長，是男子漢的話就請使出全力。」沈眠氣勢十足，眼神銳利。

「很好，等著為這句話後悔吧——」

最後，勝利女神妥妥地站在三個女孩身後。

根據規則，輸的隊伍得全權負責晚餐，然而三個大男孩哪會什麼料理，光煮個白米飯就把露營區搞得天翻地覆，還差點為了馬鈴薯該切成塊狀還是丁狀而吵起來。

為了不讓晚餐淪落到早餐，韋薇霸氣十足：「全部閉嘴，旁邊砍柴去。」

於是男孩們便怯生生的像個小媳婦兒滾到旁邊。而韋薇與沈眠拿出米其林主廚般的架式，備料、下鍋等等一氣呵成，平時只會簡單泡麵下水餃的溫日晚只能幫忙遞盤洗碗。等待的時間，男孩女孩們一會兒踏踏浪、一會兒堆沙堡、一會兒玩起騎馬打仗，瘋得幾乎忘卻了飢餓感。

「妳聽，這個貝殼有海浪聲。」溫日晚把一個乳白色的貝殼輕輕擱在沈眠的耳畔。

「跟妳科普一個知識，其實這只是空氣竄入貝殼裡發出的聲響而已，稱為『貝殼共振』。」沈眠接過，頗有興趣地端詳了下，「妳在哪撿的？」

溫日晚指向某處，「我還看到寄居蟹。」

「不曉得還有沒有……」說著，沈眠就朝她指的方向走去，白灘上擱下一個個腳印。

溫日晚沒有跟上而是留在原地伸了個懶腰，望著一望無際的大海，深深吸氣，鼻腔瞬間灌滿海味。

「喂。」

突然，有人從背後點了下她的肩膀，她下意識的轉頭一看，驚聲尖叫：「呃啊！海蛇——」

「哈哈哈哈——」梁斯望笑得毫不留情，極其神似小男孩欺負暗戀的小女孩時的幼稚模樣，「妳仔細看，這是海草。」

什麼嘛，什麼海草不好找偏偏找這條跟海蛇有八十七分像的海草，這任誰看了都會被嚇到好不好！

「生氣囉？」梁斯望雙手撐在膝上，微歪著頭觀察溫日晚的表情。

她狠狠瞪他。

「這麼容易生氣，小心老得快喔。」

「關、關你屁事！」她氣急敗壞地對他做出一個鬼臉。

「小海妖。」這張氣噗噗的鬼臉就像發怒的河豚，欠揍的梁斯望覺得不玩一下不行，於是他大手攀上她的頭頂，胡亂撓弄。

「吼——你故意的喔！」

「對，我故意的。」

於是，沙灘上又展開一場你追我跑的戰爭。

這次兩天一夜的小旅行由韋薇主揪，起初梁斯望本婉拒邀請，但在月下老人溫日晚努力不懈的盧小小下，他最後……

「是海邊喔，有陽光沙灘比基尼！你就去啦！」溫日晚像隻無尾熊般緊緊巴著他家大門不放，這已經是第三次了。

「我已經決定星期六要當一天邊緣人了。」他需要休息，這陣子幾乎都是在課業、工作與十幾個試鏡中度過，連頓飯也沒能好好吃，所以他現在只想賴在床上。

「不要當什麼邊緣人啦，出去走走比較好。」

「我的身體說不要。」

「梁——斯——望——」

「妳就這麼希望我去？」梁斯望雙手環胸斜倚著門板，故意傾身朝她靠近些距離，微歪著頭，唇角上揚。

溫日晚一愣，眼珠子靈動地轉了圈，用力點頭：「這是我的夢想。」她說得極其自然，好似在發表作文。

「我很感動。」他眼神微斂，淚水彷彿即將湧出……「但我還是不想。」他兩手一攤。

「拜託嘛。」

「不要阻止我當山頂洞人。」

「求你了、Please、お願いします、제발——」

「拒絕、No、いや、싫어。」

「去啦去啦去啦去啦去啦。」

「不要不要不要不要。」

「你如果不答應我我就不走喔！」

「那我建議妳妳要不要進來盧？」

「……不要。」

「所以乖、聽話，現在往右轉，打開妳家的門，然後滾進去。」

「人帥又會唱歌彈吉他的梁斯望學長——」

「妳撒嬌也沒用。」

「一起去露營啦——」

溫日晚眨巴眨巴，死死不肯放棄。他不懂，她幹什麼如此執著？

「……我答應就是了。」

於是梁斯望很難得地舉起白旗認輸，這好像是他第一次對他人束手無策，只能乖乖任人宰割。

咳，他得澄清是為了防止自己的理智線斷裂而一時失手把她拖去山上種。

為此，沈眠已經在溫日晚的臉頰上狠狠啾了上百口，她開心極了。

而與他僅有兩面之緣的顧爵一見到梁斯望後第一句話就是——

「綁架犯？」

「什麼綁架犯？」

「原來韋薇說的人是你。」

「壓軸總是充滿神祕。」

「油嘴滑舌。」自那夜他突然把溫日晚抓走後，顧爵就對他貼上一個標籤。

「你彈吉他？」梁斯望看著他身後揹著的吉他，眼神閃爍。

「學十年了，算興趣吧。你也會彈？」瞧他一副很有興趣的模樣，顧爵挑眉一問。

「沒有吉他我活不下去。」

「真假，看不出來你也有顆熱血吉他魂……」

「當然。」

「我最近寫了首曲子，你要不聽聽？」

「聽，我洗耳恭聽。」

於是，兩個大男孩就這樣因為共同的吉他魂彼此相吸而成了朋友，甚至還私下跑到角落聊得熱情、彈得熱血，讓路過的遊客不小心誤會他們是一對甜甜蜜蜜、甜甜膩膩的小情侶，真是可喜可賀。

黃昏，六人圍坐在一塊兒，中央是滋滋作響的烤肉爐，香氣四溢，炭香撲鼻。

「喂，你吃到我的了。」沈暱冷眼看著方才因沒烤熟於是又扔回去烤的花枝丸現在正被送入顧爵口中。

「喔、抱歉，還妳。」左側的顧爵嚼著，接著明目張膽又咬下一口才將剩半顆的花枝丸塞回沈暱手裡。

「噁心，不要。」沈眠殺紅了眼，一把塞進他嘴裡。

「唔唔唔臭八婆——」

此時，她突然聽見右側的梁斯望笑出了聲。臉一熱，沈眠趕緊褪去惡霸兇手的姿態，又羞又尷尬的收回手然後微微朝他一望，發現他撐著下巴，唇角上揚……

而他的視線落在他右側、正被蛤蠣湯汁燙得手忙腳亂的溫日晚。

「這蛤蠣會殺人——」

「誰叫妳吃這麼急。」韋薇體貼地遞上面紙與可樂。

沈眠無聲收回目光，喉間的那口氣頓時卡得死緊，不上不下，費了幾秒才用力將它吞嚥下肚。

多希望是她眼花看錯。大概是海風吹得她頭暈目眩……吧。

沈眠隨手捻起一根烤得焦香的香腸，然後張嘴咬下。

「喂，那是我的……」顧爵出聲示意，憋著笑。以為她會一如既往的回：「吃一下又不會少塊肉。」，結果反而是一句普通回應。

「抱歉。」沈眠將香腸還給他，接著自己開了瓶啤酒灌下半瓶。

顧爵見她這副反常模樣不禁困惑，三兩口將香腸吃光後也拿了瓶，主動邀她乾杯。

「什麼臉啊醜死了，酒不是這樣猛灌的。」

沈眠愣了一秒，隨後朝他的啤酒碰去，發出一聲清脆，容顏凶狠卻被逗開了懷，「你吵屁。」

「你們兩個打算排擠其他人嗎？」韋薇用筷子敲敲烤肉架。

「竟然自己開喝了你們。」

「別吃醋，這瓶給你。」顧爵畢恭畢敬地雙手奉上，還附上一個挑逗的媚眼。

「滾。」阿蔚冷聲接過。

「大家來乾杯吧。」沈暝率先舉起啤酒，瞧溫日晚因為手油所以開瓶開得有些吃力，她忍不住無奈一笑，「日晚剩妳了。」

「我好了。」溫日晚笑著，也跟著舉起啤酒。

點點火光中，眾人異口同聲：「乾杯——」

天邊被渲染成橙黃交疊的水彩畫，夕陽猶如被美人魚遺落在岸邊的橘色寶石。緩慢地，最後一絲餘暉跌躺海面，墨黑絨布下，浪濤拍打岸邊，唰——唰——明月高掛夜空，月光靜靜撒下一片溫煦。

吃飽喝足後，六個人圍坐成一圈，小火堆啪滋啪滋地燃燒，有種療癒感。

「現在要幹麼？」入夜後的海岸邊捎來涼意，顧爵朝火堆塞進木柴。

「露營不來點刺激的怎麼行，來講鬼故事吧。」阿蔚變出一把手電筒，還幼稚地置在下巴嚇唬人。

「何必說鬼故事呢，看你的臉就夠毛骨悚然了。」梁斯望是冷面笑匠。

「靠，梁斯望我們這麼久沒見你一定要這樣嗆我就對了？」

「哈哈哈哈哈——」韋薇被戳到笑點，她抹去眼角淚水，接過手電筒，「那我先說一個我國中畢業旅行發生的鬼故事。」

最後一天晚上我們大家一起打牌，玩了好幾輪後與我同房的兩個女生說她們累了所以就先回房，而我打到十一點多才回去。

當我回到房裡後，她們已經睡了，之後我看電視看到凌晨兩點結果太睏了所以電視沒關就睡了。隔天等我醒來時，我第一眼就看到電視機出現一個詭異人臉，我快嚇死，仔細一看才發現原來是靈異節目，可我又覺得奇怪，明明最後看的頻道是A台但現在卻是B台，而遙控器放在桌上，那是我昨晚放的，想說就不會弄丟了，我又問了其他兩個女生，她們說不知道，也都說沒有轉台甚至根本睡死了。

我也沒再多想，但後來當我們準備去大廳集合時其中一個女生忽然大叫，接著她說她現在才想起來，她凌晨三點多被冷醒於是就起身去調冷氣溫度，結果她半夢半醒間看到有個女人坐在梳妝台梳頭髮，當下她以為是我，因為當時我的頭髮很長而另一個女生又是短髮，所以就回去睡了。可是不覺得奇怪嗎？我幹什麼半夜三點梳頭髮？後來我問她，那個女人的長髮是直的還捲的，她說似乎是捲的，因為她還看到「我」用自己的手指捲著髮絲……講到這裡，我們瞬間你看我我看你，連鞋也沒穿就衝去找老師了。

「為什麼？」溫日晚問。

「因為當時我的頭髮是直的，標準黑長直那種，所以她看到的不是我！」

「也太毛了吧。」沈眽忍不住起雞皮疙瘩。

「我覺得有待懷疑，也許妳同學把夢境跟現實搞混了。」顧爵理性分析。

「那電視的事情要怎麼解釋？」阿蔚搔搔耳朵。

「半夜夢遊自己跑去轉台吧。」

「我還是認為我們遇到靈異事件了……」

「好，下一個！」阿蔚咻地指向梁斯望，「我們神祕的老社員應該有很多故事吧，說一個來聽聽唄。」

「既然如此我就分享一個發生在親戚家的靈異事件……」梁斯望裝模作樣的亮起手機螢幕置在下巴。

「快說！」這回五人異口同聲。

那天是中秋節，兄弟姊妹齊聚一堂團圓，結果正當大家在飯廳聊天時，某個幼稚園小班的小姪女突然從樓上一路哭著衝下來，大家嚇傻了，趕緊問她發生什麼事情，但小姪女卻只反覆哭說：「裡面有人！」

後來才知道原來是因為哥哥姊姊玩的遊戲她不懂，太無聊所以自己就跑到三樓，結果她聽見最裡頭的小房間有人在叫她，她走進去，發現有人正在看她，她被嚇到了所以才哭著衝下來。可是那房間是倉庫，堆滿雜物甚至連行走的空間都沒有因此不可能躲人……之後大人們猜，也許是這棟房子的地基主想找小姪女玩耍吧。

「這個鬼故事怎麼有點溫馨。」韋薇說。

「因為是小孩所以才比較容易看見地基主吧。」沈眡道。

「下一個下一個！」阿蔚旋轉著食指，最後指向溫日晚，「學妹，換妳囉。」

溫日晚一驚，怎麼辦，她沒有什麼鬼故事可以分享啊！

「溫日晚！溫日晚！溫日晚！」顧爵與韋薇開始起鬨，甚至連沈眠也加入。

她朝梁斯望投以求救訊號，而他搖搖頭，兩手一攤，要她自己解決。

面對那接踵而來的起鬨，再這樣僵持下去也不是辦法，溫日晚心一橫——

「那我就說一個很久很久以前的鬼故事……」

以前，有間廢棄的精神病院，那兒陰氣甚重，某夜，有群學生到那裡探險，結果他們撞見了幽靈，

然後……那隻幽靈放了個屁就消失了。

嘩啦啦——沉默將海浪聲吞噬，耳邊彷彿傳來陣陣海綿寶寶跟派大星的嘲笑，既淒涼又可笑。

「一點都不可怕對吧？哈哈哈……」溫日晚一臉尷尬。

這恐龍時代的老笑話連她自己講了都覺得冷。

「根據最新研究指出講幹話是一種精神疾病，姊帶妳去醫院。」沈眠無言，擔心她是否燒壞腦袋瓜了。

仲夏之夜，海風徐徐，月光下的海面彷彿像海神王不小心打翻了珠寶盒。

晚間十點，火堆前只剩下三個女孩窩在一起，她們聊生活、聊夢想、聊韓劇、聊感情。阿蔚跑到不遠處的燈塔與女友情話綿綿，顧爵和梁斯望這對小情侶到附近的超商買防蚊液。

「對了學姊，我一直很想問一件事。」沈眠喝了一口熱可可。

「如果是有沒有男朋友那答案是否定喔。」韋薇俏皮一笑。

「關於那個傳說……到底是真的還假的？」沈眠說著，溫日晚也跟著望向韋薇。「當年那個女生……」

聞語，韋薇原先上揚的唇角趨於平緩，她面無表情的望著盈盈火堆，有口難言。

良久，她才緩道：「何謂傳說，就是沒有經過證實甚至已不可考，僅透過人們以訛傳訛、口耳相傳擴散開來的名詞。」

她將一根樹枝扔進火堆，語氣柔和卻充滿無奈：「人的流言蜚語是很可怕的，你永遠猜不到那些根本不清楚始末的旁觀者究竟會說出什麼令你無法想像的言論。」

「妳曾被傷害嗎？」沈眠輕問。

「難道……傳聞中的女生是妳認識的人嗎？」溫日晚大膽假設，壓垮了她的最後一根稻草。

「我當然難過，自己的朋友被大眾批評得人鬼不如，甚至最後選擇結束自己的生命……」

聞言，溫日晚與沈眠愕然一驚，特別是溫日晚。

「……算了，都是往事了，總之傳聞就只是傳聞，妳們也別太迷信了。」只見韋薇瞬而褪去那些怪異，一如平常微笑朗道，任何看了都能明白她不想再繼續探討這個話題。

於是，關於那個傳說的話題就這樣結束了。

午夜，溫日晚躺在睡袋裡翻來覆去就是無法入眠，數了千百隻綿羊都徒勞無功，於是她靜悄悄地離開帳篷，獨自走到沙灘。才踏上柔軟細砂，溫日晚就看見梁斯望隻身站在遠遠的海岸邊。

惡作劇的心砰地萌芽，她躡手躡腳地悄聲靠近想嚇他一跳，孰料，在距離五步之遙時他猛地轉身，朝反而被嚇到的溫日晚輕輕一笑。「日晚，妳真的很喜歡偷看我喔。」

「我才沒有。」她鼓起臉頰咕噥，坐到他旁邊，「我是正大光明的看！」

梁斯望也跟著坐下，「沒關係，我不怎麼介意，因為習慣了。」

「自戀鬼。」

「哈哈。」

午夜海風格外舒爽，靜謐沙灘上只有浪濤的喧騰，兩人肩併著肩，隔著一個拳頭的距離。

「梁斯望，我說過了吧，我想試著瞭解你。」

隨著寂靜發酵的沉默並不會讓溫日晚覺得尷尬，良久，她如此輕道，不為別的，僅是想再說一次。

「我知道。」他輕應，然後下一秒，他側頭，望向溫日晚……

他的眼裡有她、她的眼裡有他。

這瞬間，迷霧逐漸散去，梁斯望漸漸清晰了視野，彷彿金燦光芒曬下，將他的心擁抱入懷，溫暖無比。這是第一次、久違的第一次，自從她陷入沉睡那一刻起這種感覺就迷路了……直到此時才又再度歸鄉，他突然有了想擁抱他人的念頭。

於是，梁斯望忍住即將迸發的哽咽，在皎潔明月的見證下，將溫日晚輕拉入懷。

霎然感受到另一個心跳，她傻了。

有那麼一瞬，溫日晚失了神，下意識的抬手想環抱住他的腰，但卻有道聲音阻止她。

他是沈眿的暗戀對象。

她猛然心臟一縮，警鈴作響，扭動身子試圖要掙脫卻被頭頂的悶聲抵擋：「借我抱一下就好，以後我會還妳的。」

這句話彷彿有無法抗拒的魔力，溫日晚不再掙扎，聽著寂靜，默默承受他的體溫與心跳。

沒事的，這只是朋友的擁抱。她在心底如此說服自己。

良久，他鬆開她，兩人回到原點。

「宋世莓，她是我的同班同學、我認識多年的朋友……我喜歡的人。」梁斯望說著，字句輕描淡寫卻重重撞入她的心湖。

「那她……」溫日晚心頭莫名一緊，好像被名為酸澀的藤蔓纏繞。

「不過都已經是往事了，現在我只希望她能醒來，要我付出什麼代價都沒關係，只要她能睜開眼，罵我、打我、恨我都好。」梁斯望仰望星空，彷彿不讓眼淚落下，宛如正祈求老天爺能聽見他的心願。

好痛，心好像被掐了一下。溫日晚忽然有這樣的感覺。

溫日晚沉默了片刻，她伸手摸摸他的頭，像在安撫走失的貓，杏眸澄澈溫柔，想將所有勇氣都送給他。因為她肯定，他一定失去了勇敢。

「老天爺會聽見的，總有一天她會醒來的。還有，我不知道你發生了什麼事，但若你需要一個出口，沒關係，我願意聽你說。」溫日晚露出一張可愛笑臉。

鼻頭一酸，他的心間好像流入了溫暖，同時，某種熟悉又陌生的情感正悄悄發酵。

彷彿太陽與月亮在說著悄悄話，撲通撲通……

隔日早晨，眾人精力充沛，唯獨沈眽、溫日晚與梁斯望三人的眼皮下都浮著一輪黑眼圈。

「沒有其他飲料？例如星巴克之類的，怎麼全是牛奶果汁？早餐就是要吃得像皇帝啊……」頂著鳥窩頭的王子病阿蔚三口併兩口就把三明治嗑光。

「沒有。」猜拳猜輸負責買早餐的顧爵眼神死，「不如你去喝海水吧。」

「沈眽，妳不吃嗎？」喝著牛奶的韋薇注意到沈眽拿著三明治在發呆。

「沒睡好罷了。」沈眽苦笑了下，咬下一口卻食之無味，「昨天蚊子多，吵得我睡不著。」

「不是有噴防蚊液嗎？」

「喏，給妳。」溫日晚抽出一瓶果汁遞給沈眽，還貼心地將瓶蓋旋開。

「謝啦。」沈眽欣慰地扯了扯嘴角。她還記得她每天早餐都習慣配果汁。

中午，他們在附近的小麵館用完餐後便走往停車場，準備打道回府。

因為順路的關係，阿蔚、韋薇以及沈眽是搭同一台車來的，而其餘三人便是自行騎機車抵達。

「來，一、二——」阿蔚與沈眽合力將小冰櫃抬進後車廂。「學妹，麻煩妳幫我把抽屜裡的手帕拿給我，後照鏡有點髒……」

「好。」

「水買回來了。」剛去超商的韋薇將巧克力雪糕遞給顧爵，然後攤開掌心，「你要的雪糕，總共三十五，算你四十就好。」

「我們會長大人還真『善良』。」顧爵皮笑肉不笑，掏出四個硬幣乖乖奉上。

「多謝誇獎。」

海風捎來黏膩，天氣炎熱，怕熱的顧爵拆開包裝開始吃起雪糕，但因正值中午，冰在大太陽下融得特別快，一不注意，雪糕汁液便流滿他的手。

「溫日晚，幫我拿一下！」有潔癖的顧爵趕緊將融得不成雪糕狀的雪糕塞給一旁正在穿防曬外套的溫日晚，接著快馬加鞭衝去洗手間洗手。

「……喔、好。」溫日晚倪著那搖搖欲墜的雪糕，暗自決定如果他不趕快回來，她就要直接把它吃掉，然後她繼續拉拉鍊。

只是用一隻手實在很難拉，更不巧的是這件防曬外套是新買的，拉鍊卡得很死，幾乎動彈不得。

「怎麼連拉鍊也拉個老半天，妳是小朋友嗎？」

一旁，梁斯望像在看動物表演般盯著拉到雙下巴都跑出見客的溫日晚許久，最後將機車手套摘下，默默走過去替她拉上拉鍊。面前落下一道陰影，溫日晚下意識的抬眸剛好對上他彎起的嘴角，再仰起一點點，那對澄澈眼睛裡似乎倒映著她張著嘴的痴呆表情。

肯定是陽光太炙熱，她的臉頰突然覺得好熱。

「是……拉鍊太卡，回去後得用蠟燭抹一抹。」溫日晚忽視不停迸發的小小羞窘，身子不著痕跡地往後一縮……「啊！滴下來了！」

只見雪糕整陀滑至她的手指上，冰涼黏膩令她不禁一陣雞皮疙瘩，手忙腳亂下結果搞得兩手都黏答答的。「口袋、口袋……幫我拿！」於是她索性叫梁斯望從她的外套口袋中拿出面紙。

梁斯望抽出幾張面紙，原本溫日晚想順勢接過卻直接被他拉著手腕快速替她擦去那些黏膩，一連串的舉動猶如濃縮成一秒鐘。

「好了，垃圾自己丟。」

溫日晚愣愣地點點頭，乖乖接過垃圾，隨後轉身走往公共垃圾桶。回來時她走到轎車旁想看看其他人在幹麼，卻發現沈眂獨自一人蹲在後車廂邊。

「沈小姐，妳在耍什麼自閉啦？」溫日晚張著鬼靈精怪的笑顏，蹲在她面前。

沈眂屈著膝，目光從地面上的小石子緩緩轉移至溫日晚的靈動大眼，然後她說——

「沒事，有點中暑罷了。」

「那要不要喝點水，我去幫妳拿——」

「沒關係，我去那裡休息就好。」語畢，沈眂猛地站起身，下一秒一陣暈眩感襲來，眼前一片朦朧黑，三秒後才恢復正常。然後，她忽略溫日晚擔憂的小表情以及伸出一半的手，隻身走遠。

# Chapter6
# 原來這叫作空虛

沈眠怪怪的。

溫日晚第十九次如此心想。

小旅行結束後，沈眠的話開始變少，而溫日晚發現，這僅侷限於與她單獨相處時，其餘和顧爵等其他人相處時皆無異樣。

溫日晚曾試著問她，但沈眠都只回了句：「沒什麼。」

夏末，酷熱已淡薄不少。夜蟬鳴聲，一天晚上，在顧爵的邀約下，他與溫日晚以及沈眠三人在學校附近的河岸公園一處小小聚會。

沈眠帶了幾瓶啤酒，溫日晚拿了幾包魷魚絲，顧爵買了幾袋香氣四溢的鹽酥雞，三人一邊望月、一邊飲酒談天。

「現在想想真的有夠白癡……欸喝完了耶。」沈眠分享前陣子打工時發生的趣事，不知不覺最後一瓶啤酒已經一滴不剩。

「猜拳，輸的去買。」顧爵轉轉手腕，勝券在握。

於是，剪刀石頭布……那張「勝券」上寫著敗北兩字，顧爵輸了。

顧爵任命走到需要一段路途的超商跑腿後，草地上就只剩下她們兩人。

河岸公園被名為寂靜的結界籠罩，城市喧騰穿透不過，唯獨風滾草的聲響在這沉默空間中越發沸騰。

雲絮遮住明月，朦朧不清。沈眠仰著頭，精緻側顏被鍍上光影般的月色。溫日晚雙手握著還剩下一半的啤酒，躊躇不定，一顆心上上下下，舉棋不定。

良久，沈眠吐出一絲聲息，話語乘著夏夜晚風拂過溫日晚的耳畔。

「……怎麼辦，我好像有點吃醋了。」

聞語，啤酒戛然脫手，黃湯灑落一地，她趕緊拾起，沈眠遞給她一張面紙，要她擦擦飛濺上腿肚的液體。

「是因為我跟梁斯——」

沈眠打斷她：「我知道你們只是朋友，我也知道只是我單方面暗戀他罷了哪有什麼資格抱怨吃醋，但我的醋桶似乎關不住，甚至還有一些不好的想法，以為妳不是我認識的那個溫日晚……抱歉，這幾天對妳總是愛理不理的。」

一口氣坦承後，沈眠覺得聚集在心間的鬱悶感消失了。她因為自身的煩悶，使她不知該如何面對溫日晚。但她卻忽略了一件事實：溫日晚是她的好朋友啊。好友之間，有什麼話不能對彼此說出口？任何感情，都必須建立在信任上才能長久。

溫日晚深感歉意，見沈眠終於正視她，也讓她同時放下一塊堵得她喘不過氣的石頭。

「沈眠對不起，明明答應要幫妳牽線，結果我卻反而讓妳感到不愉快。」

仔細遊想，最近她與梁斯望的確太過親密了，也難怪沈眠會誤會了。

其實溫日晚曾想過，要不要將梁斯望的祕密告訴沈眠，但這個念頭僅只存在五秒便徹底消失。雖然她們很要好，但她曾允諾，所以沒辦法。假設梁斯望將她不願見日的祕密說出去，她肯定會很生氣。

所以她保守他的祕密，然後希望未來一切都能撥雲見日，並且不再悲傷。

「幹麼一副苦瓜臉？好醜。」沈眠往她的肩膀捶了一記，釋懷地笑道：「我好像小女生在吃醋，幼稚死了。」

「那妳能原諒我嗎？」溫日晚被她的話語逗笑，鬱悶的心情一掃而空，豁然開朗，鬼靈精怪地蹭蹭她的手臂。

「不原諒啦。」沈眠伸出食指嫌棄似的推開幾乎整個人黏上來的溫日晚。

這時，顧爵提著塑膠袋步履蹣跚走回來，滿頭大汗。

「跑去美國喔，慢！」沈眠隨意抽起兩瓶啤酒，一瓶遞給溫日晚。

「靠，妳自己走路去買買看！多遠！」顧爵白她了一眼，直接把溫日晚手中的啤酒奪走並大口大口灌下。

「我正要喝……」溫日晚眼巴巴，無奈望著強盜顧爵直呼爽快。

「袋裡還有咩，搞得好像我欺負妳一樣。」

「你本來就欺負我。」

「也不想想是誰在熱死人的天裡走了十分鐘。」

「也不想想是誰猜拳猜輸了。」

「沈眠妳這該死的——」

這對冤家組合又再度展開一場鬥爭。

那夜後，溫日晚決定與梁斯望保持距離。

他們是朋友，但畢竟他是好友沈甿的暗戀對象，為了避免不必要的嫌疑因此她認為適時保持距離是最佳辦法。

不僅為了沈甿，更是為了別讓自己也不小心……

「溫日晚。」

低嗓轟地炸醒她的恍神，目光逐漸聚焦，她轉頭看去，只見梁斯望一臉奇怪地盯著她瞧。

「站在我家門口想幹什麼？」他雙手環胸，「想偷窺單身男人的住處啊？」

溫日晚這才發現只差一個跨步的距離，自己的額頭就要撞上門板了。

「沒、沒有。」又氣呼呼地補了句：「誰要偷窺你啊！」

「太危險了。」梁斯望的大掌落至她的頭頂，賊溜溜地揉亂她的髮，彎起的嘴角噙著惡趣頑皮。

登時，溫日晚忽感不妙，心底一慌，下意識就後退一步並掙脫他的觸碰。梁斯望挑起一邊眉，不慌不忙地收回擱在半空的手。

「我要回去了！」猶如逃兵，溫日晚心頭亂哄哄的、頭髮也亂七八糟的就躲回屋裡。。

爾後，每當溫日晚見到梁斯望時她都呈現一種任誰都察覺得出來的不自然與僵硬。

例如，週末在早餐店碰面時——

「小晚早，今天比較晚喔。」老闆娘充滿活力地對睡眼惺忪的溫日晚打招呼。

「阿姨早，我昨天太晚睡了。」溫日晚仍泛著睏，「我要鮪魚三明治跟大杯冰紅茶。」

「好，找個空位坐吧。」

早餐很快地就送上桌，溫日晚邊看著電視機的晨間新聞邊津津有味的嚼著鮪魚三明治。

「哎呀，小帥哥來啦！」

「阿姨早安。」

「今天還是老樣子？培根蛋餅加大冰奶？」

「阿姨怎麼知道我在想什麼。」

「那當然……好啦，先隨便找個位置坐。」

張開的嘴戛然定格，鮪魚甚至還從齒間落下，溫日晚僵硬地轉頭看去，梁斯望也正巧與她對上視線，然後下一秒朝她走來。

「不繼續吃嗎？」

直到他坐上她對面的空位，托著下巴，眼角攀著笑意，溫日晚才像解除封印般咬下一口鮪魚三明治。

溫日晚吸了口紅茶，見梁斯望仍一眼不瞬盯著她瞧，她更不自在了，身子像條毛蟲般，怪彆扭的，而且他旁邊堆滿了未拆封的紙箱，這樣坐起來不會覺得礙事嗎……

「梁斯望，明明還有那麼多位置你幹麼一定要坐這裡？」

「因為我想跟妳一起吃早餐。」梁斯望理所當然地答，往嘴裡送進一塊培根蛋餅。

咀嚼的動作頓了下，溫日晚偷偷瞄他又悄悄避開視線，下一秒將冰涼紅茶喝得精光，試圖想把那莫名的燥熱給冰封。

「我吃飽了，你……慢慢吃，拜拜！」她三口併兩口將鮪魚三明治塞進嘴裡，丟下一句口齒不清便跑出早餐店了。

再例如，某個風和日麗的午後，在圖書館裡……

溫日晚在書架之間穿梭，晃著晃著，她晃到世界經典名著區，指尖輕撫成列的書本，最後停在《愛麗絲夢遊仙境》這本書上。

正想拿出時，溫日晚透過書架縫隙揪見一個熟悉身影。

穿透玻璃窗的陽光彷彿化成天使的披風，輕淺地披上梁斯望的肩，日光粒子懸浮於空間中，恣意飛舞，將他襯得閃閃發亮，梁斯望靜靜趴在桌面，枕著一本敞開的老舊原文書，睡顏安穩，猶如午睡的孩兒。

圖書館內瀰漫著寧靜，溫日晚躡手躡腳地悄悄坐上他對面的空位，睜著杏眸，好奇地開始觀察起梁斯望的睡顏。

他紅酒色的短髮在午後日光下更加鮮明了，溫日晚越看越覺得眼前彷彿躺著一隻熟睡的大貓咪。

思及此，她噗哧一笑，卻不小心驚動了大貓咪，他的身子些微動了動，又恢復安穩，似乎還處在夢世界。

為了別吵醒他，溫日晚默默趴下，一雙骨碌碌的大眼繼續研究著梁斯望。舒適安靜的空間、溫暖和煦的陽光、逐漸犯睏的意識，不知不覺，溫日晚也跑去找周公下棋了。

直到她醒來的瞬間，眼前的世界一片朦朧，唯獨那張笑臉越漸清晰……

「你什麼時候醒的？」下一秒，瞌睡蟲一哄而散，溫日晚被嚇得一時半刻沒有控制音量，惹得周遭的人紛紛投來瞪視，她尷尬地趕緊頷首示意。

「在妳偷笑的時候。」梁斯望枕著右手臂，神情慵懶。

「所以……」她察覺不妙。

「所以我知道妳一直在偷看我。」他瞇起懷疑，「日晚，妳真的很喜歡偷看我耶，妳是不是——」

「誰對你有意思啊！」

「我是要說妳是不是太閒——」

見溫日晚一副緊張害羞的模樣，梁斯望覺得她的確很像是隻小綿羊，偶爾犯蠢犯傻，但又偶爾出奇不易的鬼靈精怪，逗得他越來越喜歡欺負她，想知道更多、更多……

溫日晚心亂如麻，連手機也遺忘就飛也似的奔出圖書館，熱氣也一路跟著她飄走。

這陣子梁斯望開始覺得角色是不是顛倒了。

明明以前都是他躲、然後溫日晚追他，現在卻變成溫日晚莫名其妙開始躲他，而他追上後她又感覺哪裡怪怪的。

嗯，真的很奇怪。

隔天黃昏，他提著垃圾下樓時看見溫日晚早已站在門口等待垃圾車。

他站定於她左側但她卻絲毫沒有發現他，似是專心更似是在發呆，有一搭沒一搭用腳尖把玩著小石子。

梁斯望故意點點她的右肩，溫日晚果真把頭轉向右方，見空無一人後又轉向左方，恰恰對上梁斯望含著笑意的眼眸。

「你吃飽太閒吼。」

「正好相反，我好餓。」他獻殷勤道：「大叔送我兩張義式餐廳的招待券，明天有空嗎？一起吃晚餐吧。」

溫日晚躊躇幾秒，「我們兩個……而已嗎？」

「大叔只給我兩張，所以當然只有我跟妳。」梁斯望理所當然道，模樣就像孩子驕傲地將一百分考卷拿給爸媽看，期待著他們能摸摸他的頭，說一句你好棒。

如果是之前的溫日晚，她或許會答應，但現在情況不一樣了，她不想再讓沈甿誤會，不想在讓那逐漸孿生的罪惡感淹沒她，她必須與梁斯望保持距離。

於是溫日晚婉拒：「抱歉，明天我有事。」

他貓兒般的銳利眼眸巧妙捉住她藏匿的迴避，他不戳破，而她也沒察覺他語句中的若有所思。

「那就等下次吧。」

秋季。

開學後，忙碌了一陣子一切又終於步上昔日軌道。

溫日晚依舊與梁斯望保持著適當的距離，依然是要好的朋友。

只是，溫日晚似乎不擅長控制自己，她不太能忍耐那猶如尖針插在心上的怪異感，她想自然地與他相處，卻反而變得僵硬不自在，久而久之，聰明的梁斯望也很快推理出她這陣子的異樣。

一日，上完課的溫日晚與沈眽打算到學生餐廳吃點東西。途中，遇上了梁斯望。

見心上人迎面而來，沈眽便立刻轉身掏出手機把螢幕充當鏡子審視自己的儀容，再次回身，她漾起如沐春風的笑顏，朝梁斯望打招呼：「嗨，好難得會在學校遇到你。」

「妳們要去學餐？」嘴角彎起合宜弧度，他問，紅酒色短髮被秋風吹得有些亂翹。

「誰叫溫日晚她午餐沒吃，一直吵著餓死了餓死了。」

話語之際，梁斯望將視線悠悠移至一旁的溫日晚身上，緊緊捉住她。

她大概是餓昏了……

她竟忽然感覺有種微醺的暈眩。

真是太奇怪了。

溫日晚在心底按下重新整理的按鈕，表情爽朗，目光卻刻意迴避他：「我餓到都能吞下一頭牛了。」

「日晚，妳還記得上次我們去的迷宮嗎？那座迷宮似乎要被拆了——」

「沈賑我們走吧！我真的好餓。再見。」他突如其來的話句讓溫日晚警鈴大響，她猛然啊一聲打斷他，接著兀自拉著滿頭問號的沈賑快步遠去。

再見。

他失焦的眼眸凝望著那背影轉瞬消逝，猶如一朵玫瑰凋謝，有那麼點淒涼可笑，花瓣凋零之際，梁斯望瀟灑地轉身朝反方向離去，不殘留一絲情緒，高瘦背影在秋風中格外冷冽。

他們吵架了。

應該說……是梁斯望也有樣學樣，開始刻意疏遠溫日晚。

當他們在早餐店巧遇時，他不再與往常那般挨在她對面的空位偷偷搶走幾口早餐；當給愛麗絲這旋律悠揚之際，他們有默契地同時衝下樓倒垃圾，他不再如以往那般貼心地從逕自接過她手中的垃圾袋；在白晝黃昏的背景下，當他們走出捷運站時，他不再像往常那般幼稚地把她的頭髮弄亂然後將她的帽T帽子戴上接著跑遠幾步又轉身笑她。

那隻結合了調皮、溫柔、神祕且總在她身邊打轉來打轉去的貓咪消失了，梁斯望的聲音與身影就這樣灰飛煙滅，彷彿她的生活從沒出現過這樣的一個人。

溫日晚走回租屋處正掏出鑰匙之際，她望向隔壁房，目光順勢而下，那把支離破碎的吉他仍完好如初的躺在紙箱裡。

她當初曾問過梁斯望為什麼明明吉他壞了卻不把它丟掉，而他卻回答她似乎對他很感興趣。

是呀，現在仔細想想的確是，她貌似就從那時開始便不知不覺的想瞭解他的一切。

結果現在卻……

「小妹，好久不見。」

猛然，一道粗啞男聲劃破她的失神，側頭一看，是上回的刺青店師傅。

宛如被魔香蠱惑的旅人，溫日晚後知後覺的來到了之前曾與梁斯望來逛的廟會附近。

「別看我這樣，我記性很好，每個客人我都記得。怎麼一副悶悶不樂的樣子？」叼著煙的師傅蹲在門口，高大魁武的身材像巨人般。

「我看起來心情不好嗎？」她一臉呆滯，用食指指著自己。

「連條狗看了都能斷定妳的心情不美麗。」師傅抖抖煙灰，「小妹，人呢，活在這世上就是要時而開心快樂、時而悲傷難過，人生不就是高低起伏的一條路嗎？」

「大哥，你的形容好有趣。」溫日晚被逗笑了。

「既然心情不好，就去大吃一頓吧。」

師傅的話迴盪在她一片空白的腦中，雙腿彷彿有自我意識，接著她一路跑去那有座迷宮的靜謐公園。

「你好，我要一杯……」溫日晚連價目表也沒看，果斷就向店員點了上回梁斯望買給她的好喝飲料。

她坐在長椅上，一口一口靜靜嚐著，黃澄澄的顏色恰如今晚的月亮，相互輝映。

之後，溫日晚在路邊攤販買了一支棉花糖。

她當時調侃梁斯望，說怎麼他一個大男人特別鍾情棉花糖，男生不都不怎麼愛吃甜的嗎？

而梁斯望一副理所當然地道：「沒有什麼事情是絕對的。」接著又撕下一塊棉花糖遞給溫日晚，他彎起月牙眼：「就像……也許哪一天我會喜歡上妳也說不定？」

當下溫日晚往他的臂膀揍了好幾拳。

她一個人仰望著星空，比臉還大的棉花糖只吃了幾口，明明入口時是甜膩的，可她卻只嚐到苦澀。

後來，溫日晚踩著月色，不知不覺走到那座即將被拆除的迷宮。

她好奇問了一旁攤販的婆婆為何要將好好的迷宮拆掉，婆婆解釋只是要重新整建罷了，而且會建得比現在還大。

溫日晚頓時如釋負重，慶幸地嘆息，抿唇笑了。

然後，她晃呀晃，無知無覺抵達梁斯望躲起來的地方。

「梁斯望，你在哪裡？」

「我在這裡。」他說：「妳終於找到我了。」

腦中忽地閃過曾經的對話，回過神來，她發現自己周遭全是朵朵嫣紅玫瑰，靜靜地、柔柔地將她擁抱入懷。

溫日晚覺得心間空蕩蕩的，也許大喊一聲還能激盪起回音，颳著寒風，冷得她無法自拔。

那人消失了，卻又依舊存在，少了他的分分秒秒，她所想的全是那隻笑臉貓，包括他的笑、他的淚……

「原來，這種感覺叫作空虛。」

寂靜刺得她胸口發疼，她落下眼淚，一滴一滴跌墜於裙襬上，暈染成一朵朵透明小花。

後來，溫日晚問顧爵：「如果某個總是出現在你生活中的人突然不見了，你覺得好像哪裡怪怪的，有時候還會懷念起他甚至會覺得很難過……然後……看到他時會覺得很開心，和他在一起時會有種安心感，還有……有時候會不自覺好想見到對方……這樣的心情該如何解釋？」

顧爵盯著溫日晚不發一語，她屏息以待等著他的答案，謹慎的彷彿這是她的人生大事。

他輕輕一笑，那雙桃花眼迷人無比。「溫日晚，這就代表你喜歡上那個人了。」顧爵回答，模樣就像替自己的妹妹解答數學題目。

噗通。溫日晚逐漸睜圓雙眼，滿是不可思議。

她喜歡上梁斯望了？

隨著顧爵的話語，那無聲的心跳越漸清朗，震耳欲聾，好像正在狂歡，好像在說終於找到了傳說中的寶藏。

可是，這樣不就又重蹈覆轍了嗎？

可是，他是沈眡的暗戀對象啊！

可是……

「日晚，我是大叔。還記得妳欠我一個人情吧？現在，我想要使用那個人情……梁斯望在這裡，他的情況很糟糕……妳能過來一趟嗎？」

溫日晚還來不及審視自己的心意，酒保大叔的來電轟地就炸開她的思緒。她將心間不斷叨擾的怦然拋諸腦後，用力拔腿狂奔，一路奔至那間夜店：Poker face rose。

隻身衝進那頭暈目眩的迷幻空間，溫日晚粗喘著氣，頭髮亂糟糟的，明是涼爽秋末但她卻燥熱，額際摻出顆顆汗珠。

她小小的身子在黑壓壓的人群中穿梭，焦急地東張西望。

然後，她眸子忽爾湧上一層水光，接著，她加快腳步前行，朝那人奔去。

「梁斯望。」溫日晚站在他身側，喘著氣。

聞聲，他歪頭對上她，深邃的眼在紫紅霓光中朦朧不清卻又清晰迷人，梁斯望用左手托著腮，懶懶地笑道：「嗨，溫日晚……我的鄰居、我的朋友、我喜……」

可是下一秒，猶如京劇變臉般，他的臉色赫然微慍，又說：「妳怎麼又來這裡了？妳回去，不準再來了。」然而話語才落，梁斯望卻猛地像失了氣的皮球，直接攤趴於桌面上，彷彿睡著了。

見狀，溫日晚登時一驚，緊張地搖晃他：「……喂，你醒醒，梁斯望！」

「放心，他沒事。」此時，酒保大叔的聲音響起，給予一個安心的淺笑，解釋：「斯望只是喝醉了。」

「梁斯望是為了什麼才把自己搞成這樣……」指尖微顫，她將他的襯衫抓出了些皺褶。她是第一次看見他如此狼狽的模樣。

「這讓我想起，曾有個男人也跟他一樣為情所困，一個人喝得爛醉，最後他口中頻頻叨念著的女子跑來接他，不曉得最後……他們的結局是悲劇還是喜劇呢？」酒保大叔悠然憶起往事，然後將梁斯望手邊的調酒倒掉，嘆息：「千杯不醉的他也只有在今天才會一滴就醉。」

「大叔，這是什麼意思？」酒保大叔一臉複雜沉重，她莫名有股不好預感，躊躇幾秒，戰戰兢兢地問：「今天……是什麼日子嗎？」

「兩年前的今天，是宋世莓跳樓自殺的日子。」酒保大叔說：「也就是從那天開始……宋世莓陷入了好長、好長的沉睡。」

轟地一聲，好像有顆炸彈在腦中爆炸，殘屍飛滅，死寂蔓延。

這時，她愕然憶起……一年前的今天，就是她撞見梁斯望的左手腕流血的那天！

玻璃碎裂聲、支離破碎的吉他、流血的左手腕、沒有靈魂的神情……將這些破碎細節拼湊，溫日晚得出一項推理：「所以，梁斯望是因為這樣……所以那天才傷害了自己嗎？」

「他很痛苦，真的很痛苦。妳能想像自己被當成是殺害自己最愛之人的兇手嗎？」酒保大叔默道。

溫日晚看著梁斯望，明明此刻是如此昏暗，而他頰上的淚痕卻重重撞擊她的眼底，那淚痕彷彿是被烈火燃燒的灰燼，哀鴻遍野，痛不欲生。

她的眼眶爬滿濕潤，鼻頭發酸，幾乎要擰出淚水。

「大叔，梁斯望到底發生什麼事了？」

「我思考很久，或許這些事不該由我說出口，但我實在不想再見到他這副失魂落魄的死人貌了。雖然跟妳認識的時間不長……可是我發現自從妳出現之後，梁斯望變得不太一樣了，他的笑開始不再虛假、不再牽迫，好像開始在乎起一切。所以……我拜託妳，能不能救救梁斯望？」

聞言，溫日晚有一種直覺，那名為悲傷的海嘯已然接近，即將把她吞噬殆盡。

酒保大叔說……

去年春天，下班後我在路上遇到梁斯望。那天下著雨，他卻整個人濕漉漉地坐在路邊，眼神空洞。起初我不以為意，反正不關我的事。直到他突然看著天空開始唱起歌，當下我只有一個念頭：這人不是瘋了就是病了。可是我越聽越被吸引，他的歌聲明明很棒，但卻好像沒有靈魂。

後來，瘋了的可能是我。等到我回過神來時我已經蹲在他面前，然後我說：看見那間夜店沒？我們缺駐唱歌手，我覺得你很適合。我本以為他會拒絕結果他竟然答應了，可是當時的畫面我永遠忘不了，他就一個被用線操縱的木偶，彷彿叫他去死他就真會去死。

後來我們越來越熟，但他還是一樣，總覺得戴著一張假面，其實我很看不慣他這副模樣，直到某天黃湯下肚，趁著酒意我一時衝動就揍了他。還好最後我打贏了，也不知道是不是輸了的打擊太大，他癱在地上一動也不動，我問他是不是有病，他苦笑說他是有病、連他也不知道該怎麼求救的病。然後，他說……

宋世莓是他喜歡了好多年的女孩，高中畢業典禮當天他告白了，而她拒絕了，但兩人依然是好朋友。上了大學後他們有緣相逢，他們依舊一起吃飯上課，就跟以前一樣。

而在那些談天說地之中總會出現某個人的的名字，他是黃昌旭，是梁斯望的直屬學長。深愛音樂的梁斯望很崇拜優秀的他，不但一人包辦樂團的作詞作曲甚至已經和唱片公司簽約。梁斯望經常驕傲地與宋世莓分享，久而久之，在梁斯望這個共同媒介下，黃昌旭與宋世莓兩人也成為無話不談的朋友。然後漸漸地，梁斯望發現宋世莓好像愛上黃昌旭了，可是……黃昌旭已經有個交往已久的女友了。

然而事情已經發展到他無法想像的地步，某天他無意間得知宋世莓與黃昌旭竟然偷偷在交往。宋世莓央求他別告訴任何人，甚至還允諾會盡早結束這段不應出現的關係。梁斯望當然心痛，畢竟是自己深愛多年的女孩，同時也對她與他更感到失望。然而，一波未平一波又起，宋世莓是第三者的這件事不知為何被流出，短短時間內便眾所皆知，她被批評得無一是處，任何妳想得到的字眼都有，婊子、破麻……彷彿她犯下了什麼滔天大罪。

後來……就是兩年前的今天，宋世莓獨自走到行政大樓的頂樓，任何人都猜得到她即將做出什麼傻事……得知消息的梁斯望發了瘋地不顧教授怒斥直接衝去現場想阻止她，可誰知道，宋世莓卻狠狠賞了他一巴掌，她憤怒地朝他哭吼指控，說都是因為他，所以黃昌旭才會跟她分手。梁斯望無話可說，他的確找過黃昌旭，因為當時他知道宋世莓並沒有履行承諾，梁斯望認為再這樣下去總有一天宋世莓會受到傷害，所以他決定與黃昌旭談判，幸好黃昌旭自己也明白，答應他會有所行動。梁斯望深知這樣干涉他人感情是自私的，但他寧願被宋世莓誤會也不希望她走往深淵，只是沒想到情況竟一發不可收拾……

宋世莓十分不諒解他，一心一意認定是梁斯望害了她，情緒極其失控，也重傷了他。失去理智的宋世莓一步步往後退，根本聽不進去任何呼喚，最後她往後一跌……幸好梁斯望更快將她緊緊抓住，可是她已經沒有任何求生意志，心力交瘁，無論梁斯望如何懇求如何哭喊，她卻始終無動於衷，他拚了命，甚至答應她他會永遠消失，但死神彷彿鐵了心要將她帶走，最後……梁斯望眼睜睜地看著宋世莓躺在一片血泊中。

後來，經過院方搶救，很幸運地，宋世莓恢復了生命跡象，但卻從此昏迷不醒，梁斯望認為是自己害了宋世莓，如果不是他的話，宋世莓就不會愛上黃昌旭、如果不是他的話，宋世莓就不會從他手中掉下去……

「所以……自她沉睡的那天起，梁斯望的靈魂也跟著沉睡了。」酒保大叔說完最後一個字後，將杯中的紅酒一飲而盡，重重地、無力地嘆息。

溫日晚費了好大好大的力氣才將這一切消化殆盡，然後下一秒，眼淚無法自拔的湧出，哭得生疼，心痛得猶如刀割。

梁斯望，你到底背負了些什麼……

「溫日晚。」

突然之間，溫日晚感覺自己的左手被一抹溫熱包覆，朦朧水霧中，她發現梁斯望正握著她的手，好似在安慰她：「沒事的，別哭了。」

他的表情平淡無憂，因為他的眼淚早已流光，僅剩烙印般的淚痕刺在他的肌膚。

梁斯望輕輕牽起嘴角，懸著哀傷的苦笑彷彿滴淌著滾燙血珠：「日晚，為什麼妳哭得這麼傷心，就好像是自己的事一樣。」

溫日晚哭得一抽一抽的，哭紅了雙眼，好像核桃。她連句話也說不出，心被死死掐住。

「關於那個傳說，其實他們都說錯了。宋世莓她沒死，她還活著，只是一直不醒來，真的是……太任性了。」

梁斯望低喃，字句裂成枯萎碎片，若有似無的刺痛著她的心，一毫一吋細細折磨。

她看著他，忽爾間，彷彿能看見他獨自一人在那些孤寂夜晚中痛哭失聲。

他沒能拯救最愛的人，甚至她從自己的手中跌入深淵，從此一覺不醒……

他該會有多痛苦、有多悲傷？

午夜，他們兩人走在靜謐之上，涼風徐徐，卻吹不散彼此的距離。

「日晚，妳到底還要哭多久？妳知道嗎，如果哭得太多，人是會枯萎的。」

暈澄路燈下，梁斯望兀自停止腳步，溫日晚懵懵地回過身，紅腫的核桃眼又順勢掉下淚滴。

她抽抽噎噎：「因、因為……」

「嗯？」

「這個祕密太痛苦了！。」

「該死的大叔，竟然隨便就告訴妳了。」他無奈，用指腹溫柔抹去她的淚滴。「但既然知道了……我可不會輕易饒過妳。」語尾，他捧住她白裡透紅的臉蛋，彎起月牙般的眼眸。

「梁斯望，為什麼這時候你反而看起來一點也不難過？明明之前總是……」

雲霧散去，黑夜廣闊，月光將兩人的側顏鍍上柔光，猶如宇宙最溫柔的感情，他笑眼真心，道：「因為有妳在，現在有妳陪我，我何必獨自悲傷？」

聞語，溫日晚好不容易忍住的眼淚又隨即洩洪，掉得更兇了，她咽咽嗚嗚，好像被誰欺負了般。

「溫日晚，妳、妳別哭了……」梁斯望突然真擔心會被路人報警、噢不對，現在是大半夜根本沒有路人。他很少見地自亂了陣腳，該如何停止這女孩兒的眼淚呢？

片刻，他裹著玩味的磁性低吟悄悄彈奏：「要是妳再哭的話，我就要吻妳囉——」

溫日晚很難得地沒有被他捉弄得逞，她用手背抹去淚水，整張臉紅撲撲的，像朵初綻的玫瑰，然後下一秒，她向前抱住梁斯望，緊緊的，彷彿要讓他感受到自己的強烈心跳。

受不了了。這一刻起，她甘願讓罪惡感將自己吞噬，只希望能讓他不再獨自面對悲傷。

因為喜歡他，所以她快樂。

因為喜歡他，所以她難過。

因為她愛他，所以她心疼他。

而接下來能怎麼辦？

她不知道。

梁斯望被她突如其來的舉動再次亂了心跳，他愣在原地，頓時有種角色互換的錯覺。隨後他將下巴抵在她的頭頂，像在哄著哭鬧孩子般溫柔撫摸她的髮。

「我不知道能怎麼幫你，但我會陪在你身邊，絕對。」溫日晚堅定地看著梁斯望，杏眸澄澈而任性：「因為老天爺讓我知道你的祕密，所以我也不打算饒過你。」

她的話語融成一匙匙璀璨日光，為他漆黑寂寥的心底澆下一地溫暖。

他眼眶一熱，對她露出笑臉，說：「我們回家吧。」

星空下，他們兩人併齊邁步，彷彿是今晚最溫柔的一幅畫。

# Chapter7
# 悲傷碎片

溫日晚終於確認了自己的心意。

但沈眽該怎麼辦？她這樣是不是一個虛偽的朋友？明明是那個牽線的角色，卻變成愛上男主角的小配角。為此，溫日晚陷入了煩惱的漩渦，轉呀轉，轉得她頭暈目眩……

「喂，妳還好吧？」顧爵及時拉住溫日晚的胳臂，才沒讓她一頭撞上電線杆。「發什麼呆，走路也不專心走。」

他碎念一陣，只瞧小妹妹卻仍魂不守舍，他伸手在她面前揮了幾下可她連眨也沒眨。

「幹麼？心情不好喔？」顧爵微彎下腰，問道。

「……沒有啊。」溫日晚下意識的就裝傻，撓撓後頸，但臉上的悶悶不樂卻實實在在地出賣了她。

她猶豫片刻，默默喃道：「顧爵，如果你跟你的好朋友同時喜歡上一個人怎麼辦？」

「簡單，先打一架再說。」

「……」

顧爵聳聳肩，直爽道：「也沒能怎麼辦，喜歡了就是喜歡了，總不可能叫他不準喜歡那個人吧。」

「說得也對……」

「走，哥帶妳去溜冰！」

「現在？」

「不然呢，明年嗎？」

「可是我等下有課——」

「怕什麼，翹一節不會死啦！」

顧爵發現溫日晚的眉梢依然垂墜，於是他任性地兀自拖著溫日晚一路走向停車場。

不久後，他們來到市區某座溜冰場。

以前溫日晚與顧爵以及陳小詩曾經加入直排輪社，三人也經常到小公園溜直排輪，偶爾也會像現在這樣到溜冰場玩耍。

陳小詩的平衡感不佳，練習了好久才終於能不倚靠輔助工具滑行，天生平衡感超群的溫日晚時常擔任她的小教練，而顧爵則是在旁邊搗蛋胡鬧的臭學生。

溫日晚和顧爵溜了好段時間，整座溜冰場不曉得被他們繞了多少圈。

「好累，我先去那裡休息。」原本精力旺盛的顧爵捶捶自己的肩膀。「我想買點飲料，妳要喝熱可可對吧？」

溫日晚點點頭：「謝囉。」然後繼續享受在溜冰的樂趣之中。

結果下一秒，溫日晚赫然聽見一道慘叫，回頭望去，顧爵跌坐在地上，眉頭緊皺，雙手按著自己的左腳踝，模樣吃痛。

「顧爵！你還好吧？」溫日晚趕緊上前關心。

「沒事，剛才要閃一個突然衝過來的妹妹結果不注意就跌倒了。嘶……腳好像扭到了。」說著，顧爵扶著欄杆試圖要站起身卻險些摔跤，溫日晚拉過他的手臂將其搭上自己才勉強站得穩定。

「還是去趟醫院檢查吧。」溫日晚的表情帶著不容拒絕的堅定。

於是不久，他們連忙前往距離最近的醫院，而這所醫院恰巧正是宋世莓所在的醫院。

顧爵進入診療室，溫日晚待在外頭歇息等待，此時的病院很安靜，幾乎只剩機器運轉的細碎噪音。

靠著椅背昏昏欲睡之際，驀地一個身影快速自她眼前經過，那個男人停在不遠處的櫃檯與護理師談話，溫日晚偷偷端詳那側顏，發現他是上回揍了梁斯望的那個男人——羅森。

之後，羅森旋身徐步離去。

下一秒，溫日晚覺得自己真是瘋了，一雙腿兀自偷偷跟上他。等到她回過神來，她已經躲在一盆植物後。

溫日晚看著羅森獨自坐在病房旁的塑膠椅上，頹著身軀，神情既寂寞又淒涼。

他與梁斯望有相同的表情，同樣悲傷、同樣痛苦。

「妳……」忽地，羅森對上她的視線，「妳是上次的……梁斯望的朋友？」

「對不起，我沒有什麼意圖……」溫日晚趕緊道歉，深怕對方會誤以為她是跟蹤狂。

「沒事，倒是妳要一直躲在樹後嗎？」羅森牽起一側嘴角，整個人不如上回劍拔怒張、焰氣盛旺，反倒有氣無力的，好似能量已顯示空槽。

於是溫日晚走上前，途中目光不由自主地望向病房內的宋世莓，一陣遺憾盤旋在她心間。

「他……後來有怎樣嗎？」沉默片刻，羅森啟口。

聞言，溫日晚一時半刻有些疑惑，直到她意會到羅森是在說上次他揍了梁斯望的事，於是她搖頭：「沒事，擦點藥後很快就結痂了。」

「那就好。」羅森的目光持續盯著自己的皮鞋鞋尖。「我跟他以前也常這樣，但每次都是他打贏我，現在想想真不甘心，我什麼都輸給他，班長的位置輸他、籃球輸他、成績輸他、人緣輸他、打架輸他，但我卻還是很喜歡跟他這個好朋友相處，只是……明明我已經沒什麼好輸的了，結果到最後我卻主動把自己的感情舉白旗投降……」

霎時間，溫日晚不禁側頭望向他，委屈與不甘心猶如螻蟻般啃食著他的臉顏。

羅森像是失了神，自顧自地開始喃喃：「早知道當初我發現梁斯望也喜歡世莓時，我就不該選擇友情而放棄告白的機會，這樣的話，或許世莓就不會變成現在這樣了……可我還是不懂，我們相處多年，他為何是這樣的人？得不到對方的愛就見死不救──」

「不對！」溫日晚猛地低吼：「他沒有見死不救！」

話語一落，周遭恢復一片平靜，她傻了。

羅森的表情沒有過多變化，依歸沉靜，語氣冷冽：「妳為什麼能如此斷言？」

「我的確不明白你們發生的事情，但梁斯望真的沒有見死不救，他比誰都還要難過自責！甚至、甚至還曾經傷害自己……」話至此，溫日晚覺得彷彿有千萬根針深深插進她的皮膚，那朵朵血花的畫面每晃過一秒，那些細針就插進一吋。

她的字句撞入他耳裡，羅森的眼眸斂下，猶如覆上一層黑霧。

「誰都不願意看見宋世蕎發生這種事，但我不曉得我該怎麼面對梁斯望。」

良久，羅森吐出一絲難以言喻的無奈，與此同時，一名醫師走來似乎要與羅森談話，他起身，眼神空寂的望了眼溫日晚後便遠去。

等到溫日晚走回診療室時，顧爵才剛出來，他杵著拐杖一拐一拐的，溫日晚見狀立即上前協助攙扶。

「溫日晚妳跑去哪？」

「我……拉肚子所以去廁所。」溫日晚打哈哈帶過，趕緊轉移話題：「醫生怎麼說？」

「小發炎而已，沒幾天就能痊癒了。」

「沒事就好。」

「倒是我覺得很詭異，怎麼跟妳一起老是會受傷？先是骨折，這次又扭傷……」顧爵斜睨她一眼，「妳該不會是瘟神吧？」

「才怪，別牽拖到我身上！」溫日晚忿忿地朝他的小腿踢去。

「痛痛痛……妳想謀殺我啊！」

冬季，十二月，冷氣團席捲全台，頓時之間臺灣儼然像成了一塊放進冷凍庫許久的地瓜。

寒風貫穿校園，陽光銷聲匿跡。

凍氣中，身穿四件衣服外加一件褐色大衣，又圍上圍巾，甚至還戴上毛帽與耳罩的溫日晚，把自己包得真的像隻小綿羊，她躲進學生會辦公室避寒。

「小晚，妳也太誇張了吧，好像雪人。」聽見聲響，灰頭土臉的韋薇抬眸，並將像是巨大藏寶箱的木盒鎖上。

「我很怕冷嘛。」溫日晚邊說邊將耳罩與毛帽摘下，「不過妳在找什麼嗎？」

「剛才在整理以前的活動道具，對了，給妳看個有趣的東西。」

韋薇拿出一本以各種顏色的瓦楞板定裝而成的書本，她小心翼翼地翻閱著這充滿回憶的手工藝作品，溫日晚挨在一旁，縱使那些文字與照片與她沒有任何關聯，但她依舊被裡頭的每一抹青春瞬間所吸引。

「這是我曾跟妳提過的那個很愛喝香草茶的女生做的，當初她完成後還跟我炫耀了好久，驕傲地說這是能讓學生會代代相傳的手工相簿……妳看，最後面有寫她的名字。」

順著韋薇的食指望去，映入眼簾的是一串Q版字跡：宋世莓。

這讓溫日晚不禁憶起此時此刻那躺在病床上、骨瘦如柴的她。

「傳說中的那個女生，就是製作這本手工相簿的女生吧。」

將那些零碎線索拼湊而成，最終溫日晚解開了那個靈異傳說的真相。

聞語，韋薇的雙眸睜大，驚愕地望著溫日晚。半晌，她輕道：「妳怎麼會知道？」

溫日晚的十根手指交纏在一塊，將所知的一切全都告訴韋薇。

良久，辦公室裡瀰漫著淺淺沉默與一抹撫慰治癒的香草茶香氣。

「小晚，妳曾問我為什麼梁斯望會退出學生會……因為當時的他太過痛苦，他拯救不了最愛的人……學生會對世莓來說等同於第二個家，這裡有太多關於她的一切，他真的很痛苦。後來梁斯望像就人間蒸發了，我很少在學校看到他，期間只有三次曾在世莓的病房和他碰見。」

韋薇嘆息，攀著哽咽。

「事發當下我很崩潰，哭著就擠上了救護車，所以當時學生會裡除了我、梁斯望之外就沒有第三個人知道其實世莓活下來了，她的父母接獲女兒的自殺消息時簡直天崩地裂，他們跪地央求醫護人員救救寶貝女兒的畫面我永遠也忘不了。之後，校方極力封鎖消息，但依舊阻止不了那些正反都有的輿論，許多人試圖想知道世莓究竟是生是死，雖然有些人的確出於真心，但有不少人是抱著看熱鬧的態度，於是已經傷心過度的世莓父母為了阻擋紛擾便選擇隱瞞。」

「從那天起世莓就陷入沉睡，院方坦白說，她清醒的機率微乎其微，縱使醒來了也無法保證身體機能是否完好如初……因此醫師也曾建議放棄急救，但世莓的父母拒絕了，因為他們相信女兒一定會醒來。」

溫日晚靜靜聆聽，倒映在杯中的臉顏格外憂傷，彷彿自己也見證當時的一切。

「不知道從什麼時候開始，也不曉得源頭從哪裡來，後來漸漸地校園裡開始流傳一個靈異傳說，大家都說學校有個因情傷而自殺的女鬼……但那些根本就不是真的，世莓還活著！」韋薇越說越激動，甚至連杯子也快拿不好，眼眶泛起溼熱。

「那、那個男的呢？」雖然破壞他人感情的第三者的確有錯，但劈腿的人更該死！溫日晚緊皺眉頭，隨著她的情緒，她莫名的也深感憤怒。

「黃昌旭直接休學了，很低調的。漸漸地，輿論批評轉而砲擊黃昌旭，但他緘口不答，自世苺自殺那天起他就再也沒出現了，彷彿隨著她的沉睡般就這樣消失不見，後來我從某個曾經很看好黃昌旭的教授那裡得知，原來他當下毫不猶豫就跟著家族移民到國外了，因此當時好不容易獲得的出道機會也宣告死刑。」

這一刻，那個靈異傳說的真相終於得以撥雲見日。

所以……也難怪梁斯望會那樣回答她了。

「你不怕嗎？」

「我為什麼要怕？」

因為當時的他的確沒有害怕的理由，他深切明瞭傳說的真相，比任何一個人都還痛徹心扉，比任何一個人都還要肝腸寸斷，所以當時的梁斯望是極度悲傷的。

思及此，溫日晚深深懊悔。

她太無知，撕開了他的瘡疤。

他該有多傷心自責，每從人們口中聽見那個傳說，名為自責的牢籠便會不斷的將他囚禁。

「小晚。」

溫日晚抬眸，一雙杏眼框著淡淡紅輪。

「我知道妳一定做得到，也只有妳能做到了……妳可不可以拯救梁斯望？」韋薇說。

我想啊，我也想把他從那裡救出來，我比任何人都不願看見他的眼淚，比起他的哭臉，我更想看見他的笑臉。

但……

「我拯救不了他。」溫日晚哽咽，卻堅定：「所以我會陪在他身邊。」

# Chapter8
# 愛神的惡作劇

溫日晚承諾她會陪在他身邊，但這陣子梁斯望卻經常不見蹤影，沒有三不五時丟個貼圖問她在幹麼、沒有直接敲她家的門問說要不要去吃宵夜……他就猶如趁著四下無人偷溜出門的貓咪一樣，主人毫無頭緒，只能等牠回家。

直到某夜，奔波整天而累癱的溫日晚早早就寢，而睡夢中卻突地感到腹部一陣悶痛，她被痛醒，接著就發現大姨媽報到了。可不巧衛生棉用光了，她忘了買，於是她便索性忍著疼到超商補貨。

只是才剛打開門，梁斯望就活生生地站在眼前！

溫日晚登時一臉懵，連腹部的悶刺都瞬間忘卻。

然後，連自己也無知無覺的彷彿著魔般，溫日晚伸出雙手捏了捏梁斯望的臉頰。

「啊……是真人耶。」

「日晚，妳還在跟周公下棋嗎？」神情略顯疲憊的梁斯望彎起眉眼，被她這無厘頭的傻氣行為給逗笑。

耳畔溜進他的清朗笑聲，溫日晚瞬間清醒了，有些羞窘地指控：「你站在我家門口幹麼？」

「最帥外送員來給好鄰居送宵夜。」他晃晃塑膠袋，裡頭是熱騰騰的紅豆麻糬湯。而這時，他發現她的嘴唇蒼白，額際泛著薄汗，他連忙問：「怎麼了？」

聞言，溫日晚呃了好半晌，好像回答什麼都不妥當，但發狂的大姨媽又開始毆打她，令溫日晚忍不住蹙眉，一陣暈眩襲來，她險些站不穩，幸好梁斯望及時接住她的身子。

「日晚，妳身體不舒服嗎？」

「我生理期來，肚子很痛，但家裡沒有衛生棉了……」已無暇在乎尷尬不尷尬，溫日晚咬緊牙關，痛到想在地上打滾。

「妳先回去躺著休息，我很快就回來。」語畢，梁斯望逕自將紅豆麻糬湯掛在門把上，一溜煙就消失在樓梯轉角。

不一會兒，沒有乖乖聽話反而縮在玄關處等待的溫日晚聽見腳步聲響起，她勉強扶著牆站起身，門才一開，梁斯望擔憂的小表情便撞入她的眼底。

「我不是說先躺著休息嗎？」梁斯望拿她沒轍，無奈一笑，接著將手中的牛皮紙袋遞給溫日晚，眼珠子四處打轉就是刻意不看她，似乎有些小害羞，他咕噥：「……剛才太急忘記問牌子，所以我就問店員哪款賣得最好就買那個了。」

溫日晚接過，發現裡頭是衛生棉，而且恰好就是她慣用的牌子！

她不禁心頭一暖，彷彿連那些如針扎般的悶痛都一併圓滑暖和了起來。

「梁斯望，謝謝。」溫日晚感激的笑了。

「早點休息，晚安。」梁斯望寵膩地揉揉她的頭，後退一步，隨後體貼地關上門。

大姨媽吃飽喝足後便安穩睡去，但卻反而換她失眠了，縱使數了千百隻綿羊也無計可施。

怎麼辦，她好像越來越喜歡梁斯望了……

後來，溫日晚還是不知道梁斯望究竟在忙什麼，因為她的生活也被一連串的趕報告、趕活動給填滿。

再過不久就是聖誕節，學生會今年決定舉辦一場聖誕舞會。

然後，在這忙碌的日子中出現了一個驚喜。陳小詩回來了。

十二月中旬某日，溫日晚、顧爵以及陳小詩這三個青梅竹馬睽違一段時日後終於再次齊聚一堂。稍稍褪去記憶中的嗆辣衝動，坐在面前的陳小詩散發著沉穩氣質，但那頭將裡層染成殷紅的長髮卻保有她的火焰性格。許久不見陳小詩，溫日晚一時半刻還有些緊張陌生，直到她擱下熱紅茶，托著腮，「日晚，妳現在是在跟我相親嗎？」

「哈哈哈哈哈哈哈……」顧爵笑得特別大聲。

「吵死了，這聲音還是一樣刺耳。」陳小詩翻了一個白眼。

見狀，溫日晚被他們的鬥嘴給逗得哈哈大笑，三人猶如搭乘時光機，悄悄回到了那些青春歲月。

「最近好嗎？」陳小詩問。

「很好啊，就跟以前一樣，很平凡的生活。」溫日晚用叉子捲起奶油義大利麵，捲著捲著，盤中卻悠悠浮出那隻笑臉貓的身影……她一愣，發現不知不覺間捲了好大一坨。

「是喔，那就好。我在英國也過得很平凡，每天就是上課下課回宿舍……」陳小詩又邊說邊不由自主憤憤地用叉子把鬆餅搗成爛泥：「但唯一不平凡的就是遇到某個倒胃口的傢伙。」

溫日晚開始觀察陳小詩的表情，直到她一臉奇怪，問：「幹麼一直盯著我笑？太久沒看到我太想我了是嗎？」

「妳一定很喜歡那個倒胃口的傢伙。」溫日晚的杏眸閃著鬼靈精怪。

「哇。」陳小詩沒有反駁也沒有承認，而頰畔極淺的紅暈卻給予解答了。

「……」

「……」

沉默片刻，陳小詩猛然擱下叉子不小心發出了清脆聲響，溫日晚微訝抬眸，嘴邊還沾著奶油醬汁……

「對不起，畢業典禮那天是我太衝動了，我應該體諒妳的心情，也應該站在妳的立場思考。」陳小詩的面容暈染著歉意，「那時我不知道該怎麼面對妳，又剛好遇上家人安排的計畫，於是我就很不負責任地逃到英國，以為這樣會好過一些……但是我錯了，我一點也不好，我很思念妳，我很思念顧爵，我很想念那些我們一起走過的日子！」

聞言，溫日晚頓時眼眶一熱，她焦急地朝陳小詩說：「我也很想妳！還有……我也必須該跟妳說對不起，我應該早點跟妳表達我的心意和想法，因為妳說過的，我們是好朋友，所以……小詩，妳能原諒我嗎？」

從不輕易掉淚的陳小詩在這刻流下瀑布般的淚水，她感激地點頭，又哭又笑：「日晚，我們能和好嗎？」

溫日晚也用力點頭，甚至直接站起身朝她走去，接著將她抱個滿懷。

「……妳不覺得我們就好像吵架又和好的遠距離情侶嗎？」

「好像真的有點，不管啦，反正我們和好了！」

之後，因拉肚子而抱著馬桶打拼許久的顧爵一身清爽的走回座位，結果就看到兩個女孩機哩呱啦地講個不停，彷彿有聊不完的心事，根本忘記他的存在！

「你是去北極喔，服務生都送完甜點了。」陳小詩滿臉嫌棄。

「有布朗尼喔。」溫日晚故意捻起一塊布朗尼在顧爵面前晃呀晃，然後明目張膽地一口吞下，因為顧爵最愛吃的食物就是布朗尼。

「妳們——」顧爵咬牙切齒，但擱淺在心攤上的那巨大石塊也終於被擊破，看著此刻熟悉又懷念的畫面，他忍不住欣慰地噗哧笑出聲。拖了這麼久，昔日的姊妹花終於回歸了。

而，直到最後顧爵也還是不知道當年溫日晚與陳小詩究竟是因為什麼原因而分道揚鑣，連他自己也忘了這回事。兩個女孩有默契地妳不說我不提，就像以前一樣守護著這個屬於女孩子的祕密，即使那個祕密就是顧爵本人。

冬日，清冽冷風拂過大地，聖誕節終於來臨，四處皆充斥著歡愉溫馨的熱鬧氣息。

夕光曬遍整片校園，黃昏之時，體育館內聚集眾多人潮，為了應景聖誕節而特別擺設的紅白布置令人為之一亮，兩旁陳列許多豐富的Buffet供學生享用，盛裝打扮的男男女女交談甚歡、杯觥交錯。

晚間六點整，聖誕舞會正式開始。

身為主辦單位的學生會成員們同樣盛裝出席，不過必須分成幾個小組輪流控制活動場面。

負責的時段結束後，卸下一身重的溫日晚俐落鑽過人群，一路走去某個人煙較為稀少的一隅，沈眠與顧爵正在那裡。

「日晚，妳的口紅。」

沈眠一見她便將她拉至身旁悄聲提醒，同時貼心地從小包裡抽出隨身鏡遞給她。

「還好有妳。」溫日晚整理完畢後回過身，這時才看清楚沈眠今晚的打扮，迷幻燈光下，沈眠將慵懶微捲的烏黑秀髮束成高馬尾露出大片肌膚，一襲抹胸米白及膝晚禮服襯得她的身材更為纖細，整個人的氣質高貴又不失性感。

「古人說得沒錯，人要衣裝、佛要金裝。」此時，將額前瀏海往後梳成一顆帥氣油頭的顧爵拿著一杯香檳飄過來，笑咪咪地調侃溫日晚。

「……你那張嘴就不能偶爾說點好話嗎？」溫日晚又羞又氣，隨手拿了杯香檳就仰頭飲盡。

「幹麼這樣，這身打扮真的很適合她啊。」沈眠用手肘用力推了下顧爵的腰，義氣地為好姊妹站台，「更何況再加上我幫她畫的妝，根本小女神好不好！」

溫日晚將及肩短髮特別用三管電棒燙成波浪般的微捲，她身穿一套雪紡斜領櫻粉小禮服，襯得她的肌膚猶如水煮蛋般滑嫩白皙，腳踩一雙米白高跟鞋，露出穠纖合度的雙腿，雖使出保守牌但卻依舊有股讓人想多看幾眼的甜美氣質。

「是是是，妳們是今晚最美麗的姊妹花。」顧爵做了個紳士式的道歉，接著這時忙碌得連領帶都歪了的阿蔚忽然叫住他，說是人手不足需要他在入口招待來賓。

「哥要出任務了，再會。」顧爵一副自戀貌，揮一揮衣袖不帶走任何一片雲彩便步伐輕盈地飄走。

「這人沒藥醫了。」沈眠瞧顧爵那又跳又蹦的背影，搖搖頭。「對了，妳找好舞伴了嗎？」

聞言，溫日晚晃晃腦袋瓜，傻笑兩聲：「沒有，我完全忘記這回事了。」因為在這之前她整天都窩在學生會處理活動相關事宜，壓根兒把舞伴這件事拋諸腦後。

沈眠輕笑，「我也忘記了。」

「沒關係，反正舞伴不是強制性的——」

「找到了。」驀地，沈眠的視線忽爾望向溫日晚的後方，她順勢看去，梁斯望站在人群中與幾個男男女女有說有笑，那頭紅酒色澤般的短髮在昏光下更顯得醒目。

然後下一秒，他冷不防的對上她，溫日晚的心湖登時掀起一圈圈漣漪。

「嗨。」梁斯望與其他人稍微示意後便走向她們。

而此時方才跑去出任務的顧爵也回來了。「我可憐啊我，結果又被趕回來，而且好像快下雨……哇靠，梁斯望你是剛從奧斯卡紅毯走秀回國嗎？」

「不就只是很普通的襯衫加西裝外套嗎？」瞧顧爵極其浮誇地驚呼，他低頭審視了下自己的裝扮，白長袖襯衫與剪裁合宜的黑長褲搭配英倫格紋西裝外套作為小小亮點，再套上一雙紳士皮鞋。「不過溫日晚，妳怎麼一直盯著我看？」他勾起唇角，很是故意。

聞聲，溫日晚眨了眨杏眸，結結巴巴的矢口否認，然後低頭開始喝起第二杯香檳，結果喝得太快不小心被嗆到，連咳了好幾聲。

「都幾歲了喝東西還會喝成這樣。」顧爵一臉無言，從桌上抽了幾張面紙遞給溫日晚。

溫日晚接過後先是趕緊抹去流至鎖骨的液體，有潔癖的顧爵實在看不下去，又再抽了張面紙直接替她快速擦去唇邊的殘渣香檳，這讓他忽然有種既視感，以前小學吃午餐時，溫日晚也總會啃雞腿啃到滿嘴油光，當時他也會從抽屜拿出面紙塞給她。

「謝啦。」她挑挑眉，不愧是聘用多年的保母外加青梅竹馬呢，隨後她又漾起鬼靈精怪的表情，把濕漉漉的面紙團塞回去。

「垃圾自己丟。」

「有什麼關係。」

此時，敏感的沈眡注意到梁斯望似乎有些怪異，只見他一眼不瞬的盯著溫日晚，直到他察覺到她的注視瞬而恢復原狀且偏頭對上她，兩人霎時四目相交，沈眡的臉頰猛然熱了起來。

她暗自深吸一口氣，嘴角揚起完美角度，挨近梁斯望輕聲問道：「學長，你……找到舞伴了嗎？」

「沒有。」梁斯望搖頭，他甚至完全不知道這件事，今天來參加只是單純好玩以及同學們的極力慫恿強迫。

「那，我可以邀請你當我的舞伴嗎？」沈眡道，神情無畏而真實。

聞語，梁斯望下意識不著痕跡瞄向正與顧爵打鬧的溫日晚，一秒鐘後他朝沈眡莞爾，接受邀請：「好。」

此時會場的音樂從原先的歡騰聖誕歌轉換為爵士鋼琴抒情曲，男男女女搭上彼此的肩與腰，隨之踏上音符搖擺舞動。

臨走前，沈眠輕拍了下溫日晚的肩膀示意她，並露出一張害羞的小表情，模樣藏不住期待與喜悅，儼然就像戀愛中的女孩子般閃耀迷人。眼底觸及他倆相勾的雙手，她的心臟忽爾漏跳一拍，忽略躁動的耳鳴，她握緊拳頭比出加油的手勢，肯定的回以一張俏皮笑容。

「大家都去跳了，欸溫日晚我們也去玩吧……喂，發什麼呆？」顧爵體內的舞魂蠢蠢欲動，卻見她彷彿被按下暫停鍵般。

顧爵索性直接環上她的肩，就像哥哥帶妹妹一樣，大喇喇地就把她拖去前面跳舞。

結果才不到十分鐘，顧爵突然被主持人Cue上舞台要他即興表演，他當然立刻上台，而溫日晚則覺得頭有些暈，便默默離開人群走回一旁的小空地。

「妳很漂亮。」

彈指間，陣陣猶如愛神邱比特哼唱的浪漫旋律中，梁斯望的磁音悄悄飄進溫日晚的耳朵。

「梁斯……沈眠呢？」

「突然有人找沈眠過去，於是我們就暫時解散了。」她順著望去，只見沈眠被圍繞在一群男女之間，其中一隻手將相機舉得高高的。

「你剛剛說，我今天……」溫日晚盯著自己的跟鞋鞋尖囁嚅，不知為何特別在意這句話，只是剛才沒聽得太清楚，好想再聽一次。

「溫日晚，妳今晚很漂亮。」梁斯望聽見了她的呢喃，彎起眉眼，「這身打扮很適合妳。」

這一瞬間，她的臉唰地暈開緋紅，小綿羊的柔白捲毛彷彿渲染上了粉嫩顏料，看起來就像被愛神邱比特給惡作劇了一番。

「你也很……很很很帥！」

瞧她一副結巴的可愛萌樣，梁斯望忍不住笑意，更想逗逗她：「日晚，妳是在害羞嗎？」

「我……哪哪、有！」

「妳說『有』喔。」

「是體育館裡空氣不流通，太熱了。」

「那要不要出去走一走？」梁斯望提議。

溫日晚的嘴角連她自己也沒察覺的悄悄上揚，她連點了幾次頭：「好啊。」

「嗯，走吧——」

但下一秒梁斯望卻反而一動也不動，僵在原地，表情失了原先的溫暖笑意，彷彿一片濃霧蔓延，他的神情逐漸嚴肅凝重。她隨著他震驚的目光看去，某個姿態挺拔且頗有富二代光環的男人站在一側角落，與身旁幾個人相談甚歡。

「黃昌旭……他為什麼會在這裡……」他的嗓音極其壓抑，溫日晚頓時訝異。

梁斯望正想邁步之際，黃昌旭頭一偏恰巧與梁斯望對上眼，剎然間，黃昌旭的臉顏閃過同樣的驚愕甚至更加乘百倍，他顫抖著唇並倉皇地別過身，宛如吞下敗仗而落魄逃避的罪惡之人。

面對黃昌旭那擺明了就是想迴避的模樣，梁斯望頓時燃起一團火，他緊緊握著拳頭，指節泛起死白，卻又費盡力氣般逐漸鬆開。

「溫日晚……抱歉，我離開一下。」梁斯望朝溫日晚輕道後便獨自一人離開體育館，他的步伐飛快，她甚至來不及出聲，只能眼睜睜看著他消失。

「咦，小晚怎麼只有妳一個人在這？」韋薇的喚聲拉回溫日晚的心神。

「學姊，那個人是黃……」緊咬牙關，溫日晚壓低音量，抬手指向不遠處的黃昌旭。

韋薇連看也沒看，她嘆息：「我就是看見了所以才到處在找梁斯望。剛從別人那兒聽到，是某個跟他是麻吉的學長硬是約他來的，不過並不會待太久，黃昌旭似乎等等就要去機場搭機回美國了。」

溫日晚抓皺了裙襬，她才不在乎黃昌旭要去機場還是垃圾場，她現在最在意的是獨自離開的梁斯望。

「妳們在做什麼啊？」這時沈眽走來，見她倆面色都有些奇怪便疑惑道，接著她又對溫日晚喃問：「而且梁斯望不曉得跑到哪裡去了……日晚，妳幹麼臉這麼難看？身體不舒服？」

沈眽伸手撫上溫日晚的額頭擔心她是否發燒，然而下一秒溫日晚卻猛然抬起頭，白淨臉蛋爬滿慌亂不安但那其中又深藏一絲堅定，接著她說……「沈眽對不起。」

聞言，平白無故被人道歉的沈眽壓根兒摸不著頭緒，「妳真的怪怪的，為什麼突然跟我說對不起——」

「我出去一下！」

「等等，外面在下雨——」

話語未完，溫日晚便穿過重重人牆跑出體育館，沈眽的聲音甚至來不及傳進她的耳裡。

溫日晚不顧旁人投視而來的異樣眼光，嬌小身影突兀又詭異地在大雨中狂奔，一心一意只為了尋找心中那人。

「不要後悔。」

溫日晚憶起當時在機場替陳小詩送行時，她對她說過的話。那時陳小詩捏了下她的臉頰，然後露出一張早已無數次疊印的熟悉笑容，就像是要把勇氣借給她。

跑呀跑呀，找呀找呀，最後，溫日晚總算發現他了。

一棵閃著霓虹光彩的聖誕樹站在雨中，還來不及撤進室內，樹旁有道孤零零的人影，梁斯望站在那裡，雨滴毫不留情的打在他身上。他低垂著頭，寂寥背影彷彿乘載了這世間千萬噸的悲傷與疲憊。

「他怎能看起來好像那一切從未發生……」待溫日晚走近，梁斯望的煎熬呢喃緩緩吐出：「妳知道嗎，這兩年來他連一次、一次也沒有探望過宋世莓。如果不是我，她也不會愛上學長，她也不會到現在都還醒不過來……」

「這是最後一次了！」溫日晚愕然打斷他的話，站定於他面前，瞪視的目光摻雜著無懼：「這是最後一次允許你說這種話了。這不是任何人的錯，誰也不願看見那些事情發生……所以別再自責了，梁斯望，當時你不也拚了命的救她嗎？如果、如果你還是覺得都是自己的錯……那這一次能不能別自己一個人面對了，不是還有我在嗎？」

框啷一聲，終於縱身而跳的眼淚隨著那無數雨線自臉頰滑落，梁斯望哭了，與此刻的天空一同哭泣。那些淚滴正一點一滴墜落她的心湖，激起一圈圈漣漪，溫日晚心一疼，踮起腳尖，伸出手掌輕輕替梁斯望遮擋大雨，毫不在乎自己淋得一身濕。

「我知道。」眼眶邊最後一顆珍珠與雨水合而為一，梁斯望破涕為笑：「我沒有忘記妳說過的，妳會陪在我身邊，我一直都記得。謝謝妳，溫日晚。」

溫日晚看著他混著眼淚的笑臉，這時，她忽然發現原本如子彈般的大雨不知何時悄悄幻化成了雪花飄然的綿綿細雨，是那樣的輕，那樣的柔。

「我已經沒事了。」下一秒，梁斯望將她帶入懷中，毫無保留的將自己的心跳傳遞於她，感激的，眷戀的，真心的……

溫日晚將臉顏埋進他的胸膛，緊緊回抱住他，再也無法克制自己的感情。

良久，梁斯望脫下西裝外套隨後溫柔地披上溫日晚的身子，如天使羽翼般輕柔地將她擁抱。他蹙起眉，有些責備：「妳明明是很怕冷的人可是卻連一件外套也沒穿就這樣貿然衝出來找我，萬一感冒了怎麼辦？」

「我沒想太多，腳不由自主就自己行動了。」溫日晚傻笑。

「妳……我真的拿妳沒辦法。」梁斯望無奈，眉眼寵膩，揉亂她的頭髮，又體貼地將外套緊了緊。

「回去吧，出來太久大家會擔心的。」

「我們現在這樣回去反而更奇怪吧？」梁斯望指了指自己與她，兩人的衣裳都濕了大半。

「那……」溫日晚的眼珠子轉了圈，漾起一抹鬼靈精怪的甜笑：「走，我們偷溜！」

只是，當她說完這句話的瞬間，她的視線猛然撞進了沈眠的身影。

溫日晚一時半刻幾乎忘了呼吸，彎起的嘴角僵硬在半空。梁斯望很快的注意到她的異樣，不著痕跡的順向望去，沈眠撐著傘，定定的站在原地同樣凝視著他們。

「……差點忘了，我的手機寄放在阿蔚那裡，等會兒我再聯絡妳。」梁斯望將溫日晚帶進屋簷下，體貼地隨意搪塞個理由留給她們獨處的空間後便隻身離開了。

梁斯望不笨，經過這段日子以來的相處，他多少察覺得出沈眠對他的感情，只是他無法完全確定，同時也知道沈眠的個性因此便什麼話也不提，一切隨著自然流動。

溫日晚在心底感謝梁斯望刻意留下的空間。她知道自己已經不能再逃避了，她勢必得去面對這份珍貴的感情，她必須告訴沈眠自己真正的想法。因為，她們是朋友。

沈眠走進屋簷，她收起傘，朝溫日晚微微一笑：「妳沒帶手機，等了很久又等不到妳所以就到處在找妳，還以為妳發生什麼意外了。」

聞言，溫日晚的心頭一緊，鼻頭酸澀，「沈眠，我……」

「妳是不是喜歡梁斯望？」

沈眠冷不防打斷她的話，表情懸著一抹凝重嚴肅，帶著不容逃避的認真。

在這一刻，溫日晚的耳畔邊突然間好似有道聲音晃過，那聲音如此熟悉，如此令她迷戀……

「溫日晚，在感情路上，不僅要學會愛人，更要懂得愛自己。」

沈眠見她不說話，難以言喻的怒氣衝破她的腦門，她吼：「日晚，妳回答我啊！」

「我喜歡梁斯望。」溫日晚道，澄澈的杏眸中囊括著前所未有的篤定。

沈眠緊緊握著拳，纖長指甲幾乎要插破她的肌膚，她的腦子亂哄哄成一團，那些被她不小心捕捉到的畫面毫無章法的胡亂飛舞。

「我就知道，其實我早就察覺到了。」沈眠說著，哽咽中藏著一股倔強，「妳知道嗎……不對，我想妳一定不知道，妳看著梁斯望的眼神分明就像是在看喜歡的人，我不是說過了嗎？我很會觀察他人……而且就那麼湊巧，老天爺總是讓我剛好撞見你們兩個在一起的畫面。我原以為也許是我自己會錯意了，但我越是看著就越是確認了自己的猜測。」

溫日晚輕捉住沈眠的手腕，深怕會失去些什麼。「沈眠，我真的沒料想到自己最後竟然會喜歡上梁斯望，可是我好像已經不能控制自己了——」

然而沈眠卻用力甩開她，美艷的眼眸隱含著受傷凝視著溫日晚，她緊緊皺著眉，面容難受害怕，心裡煩躁成一團。

最後，沈眠死死不讓呼之欲出的淚水迸發而出，她將傘留在原地，神情倔強，頭也不回的就邁入雨陣中。

# Chapter9
# 勇氣在雪融花開之時綻放

溫日晚與沈眽陷入一場前所未見的冷戰，比這個冬季任何一刻都還錐心刺骨。

沈眽開始逃避她，不願接觸有關於她的任何一切。溫日晚嘗試了無數次想與沈眽溝通，然而每一次得到的結果皆是沈眽的冷漠迴避。

沈眽是個敢愛敢恨的人，溫日晚是明白的。

但她該怎麼做才好？她不願再重蹈覆轍，她……更不想失去她這個摯友。

溫日晚覺得自己自私又任性，事情發展到如此地步卻依舊渴望繼續擁有這份友情，她焦急難耐，絮亂得一蹋糊塗，無能為力的瘋狗浪將她狠狠捲入萬丈深溝。

沈眽像變了個人似的，一個夜晚結束便將真實的沈眽鎖進妒忌與心亂的鐵盒子中，終日不見光明。

此時此刻的溫日晚與沈眽就猶如被框進密不透風的牢籠，難以言喻的無數情感在裡頭不斷湧生，不停啃食，令她們無法動彈。

顧爵見原先要好的兩人一夕之間突然變得彷若素未謀面的陌生人，他心想，八九不離十她們之間肯定出了什麼問題。但他一個大男人不知該如何解決女孩友情的棘手案件，而且也不能保證若他出手干涉是否會將事情弄得更糟糕。

顧爵瞭解沈眽的個性，她沒送他一個比死神鐮刀還毛骨悚然的瞪視就不錯了，因此就只能從溫日晚那邊下手了。溫日晚是他攜手併肩長大的好友外加青梅竹馬，他太明白這小妹妹的性格了。

「妳跟沈眽吵架了？」顧爵直接開門見山問，這句話猶如化成仙人掌的尖刺，又在溫日晚的心頭上扎了下，一針見血，不小心流下一顆血珠。

溫日晚緩慢地點頭，耷拉著小腦袋。顧爵也心知肚明，瞧她那死氣沉沉的模樣光用鼻毛猜也能猜對，她整個人鬱鬱寡歡，好像小綿羊被牧羊人剃除了整身蓬鬆柔毛。

「那妳們——」

「我要上去了，拜拜。」然後溫日晚有氣無力地揮了幾下手，扔下一臉錯愕的顧爵，拖著疲憊身軀步履蹣跚地走上公寓階梯。

「就、就這樣？」顧爵傻愣在原地，一陣風颳起地上的枯葉，電線杆的燈光照得他格外淒涼。

等等等等！劇本裡沒寫這一段吧。按照常理，接下來溫日晚不是會一五一十的向他吐露心事嗎？就跟以前一樣，每逢她跟陳小詩吵架時，充當和事佬的顧爵不會先問陳小詩，因為陳小詩只要一生氣起來誰也不會搭理，像一團獨自悶燒的怒焰，你一靠近就朝你丟出火球，於是他便會轉戰問溫日晚。

每次，當他蹲下身子問溫日晚她和陳小詩發生什麼事了，溫日晚總會哭哭啼啼地告訴他，接著就會用自己的衣袖抹去佈滿小臉的淚水，然後顧爵就會掏出手帕，像個大哥哥般有些無奈有些嫌棄的擦去她快流到下巴的噁心鼻涕。

然後她會說：「小詩現在一定又躲起來了，她怕黑，我要去找她。」

於是顧爵就會跟著溫日晚一起到處尋找陳小詩的蹤影，兩個女孩生生悶氣、鬧鬧彆扭，彼此談開之後就又恢復原貌了。

但這一次……溫日晚卻什麼也不告訴他。

顧爵凝視著溫日晚逐漸縮小的背影，心中頓時有什麼清晰了些，他無聲笑了下，踢開擱在腳邊的小石子，雙手插進外套口袋，高瘦身影步入夕陽餘暉，漸漸與山丘那橘紅夕光融為一體。

溫日晚一踏上二樓便看見梁斯望突兀地倚靠在她家門前。這時，溫日晚才注意到原本遺棄在他家門邊、那裝著支離破碎的吉他的紙箱已經不見了。

「你幹嘛站在門口發呆？」溫日晚徐步走近。

梁斯望一抬眼便對上那被陰鬱渲染的杏眸，無須開口就能明瞭她與沈眽之間的問題尚未解決，他想解開這纏繞在一塊的死結，可他卻沒那個資格也沒有立場，只能像個旁觀者靜靜觀望。

他很想問問溫日晚：「妳還好嗎？」

但梁斯望瞭解溫日晚，她總是猶如清澈溫水般一點一滴且毫無保留的撫療他的心傷，等到逐漸痊癒之後再點燃溫暖如太陽的火焰，然後在他的世界播種了許多的花兒種子，隨著她的一言一語、一笑一甜、一走一舞，那些種子便會悄悄地開花結果，接著綻放出美麗浪漫的朵朵玫瑰。

可是她自己的悲傷難過卻會往肚裡吞，然而正是因為他瞭解她，所以他知道溫日晚需要的不是傾聽，而是陪伴。

所以梁斯望一如既往的對溫日晚露出一張笑臉，然後說——

「我在等妳回來。」

「特地等我？幹麼不直接用手機聯絡，萬一我很晚才回家怎麼辦。」

「因為我要講的事情很重要。」

見他顛覆以往的認真，溫日晚不由得也跟著緊張起來，「什麼事？」

「前陣子我跟木言音樂公司簽訂合約，正式成為他們的旗下歌手，所以明天是我最後一次在Poker face rose唱歌，一個禮拜之後我就要先到他們在新竹的分公司進行為期三個月甚至是更久的初步培訓，所以……過幾天我就要搬家了。」

聞言，溫日晚睜圓大眼，感動極了，打從心底為他感到高興，因為梁斯望終於能實現自己長久以來所堅持的夢想，總算獲得圓夢的第一把鑰匙。

但是下一秒，失落感又如螞蟻般悄悄鑽爬她的胸口，溫日晚問：「你要離開了嗎？」

「妳會捨不得我嗎？」瞧她垂著肩，彷彿正在隱忍著什麼情緒，他蹲下身，托著腮，調皮惡趣聚集在他上揚的唇角，忍不住又想逗逗她。

她跟著蹲下，「當然，畢竟也當了一年多的鄰居，而且我們是朋友，朋友要離開自己了當然會捨不得！」

「只有『朋友』嗎？」

聞聲，溫日晚尷尬地微微別開視線，原先激動的情緒逐漸隨著那曲由遠而近的給愛麗絲而默默平緩下來。

「如果哪一天我也要離開了，你會捨不得嗎？」

「不會。」

驀地，溫日晚的心間霎時空了一半。

「因為我知道妳一定會回來。」令人心醉的眼眸盈滿柔情，他說：「如果妳不回來，我就會直接去找妳，即使妳在天涯海角。」

「我……我要回家睡覺了。」溫日晚倉皇無措的小表情染遍了淺淺緋紅。她猛然站起身，「晚安！」然後碰地一聲關上家門，將她的熱氣一併玩起躲貓貓。

之後，終於到了那一天。梁斯望離開了。彷彿一隻貓咪踩著優雅的步伐，偷偷地走入她的生活，為她的世界綻放了無數朵溫柔浪漫的花兒，而如今卻又靜悄悄地離開了她的世界。

在他離開的第五日黃昏，溫日晚跟平常一樣站在公寓大門前等待垃圾車的來臨。

倒完垃圾後，溫日晚在經過隔壁家時放慢了腳步，她停在門前，指尖輕碰冰涼門板，扣起手指，她無意識的敲了兩下。

叩。

叩。

然後下一秒，她像被自己打敗般自嘲地搖頭笑了下。

「白痴，他都搬走了……如果還有人回應那就是鬧鬼了。」

冬季下班的時間越漸抵達，但早晨的清風依舊冷得直刺入骨。

乍暖還冬之際，覆蓋著鐵盒子的軟雪漸漸融化了。

日復一日，晝夜輪替，溫日晚與沈眠之間也總算不再如寒冬般陌生冷漠。

其中多虧了顧爵這個容易自燃的英雄努力不懈地將小火焰不斷在成堆積雪旁晃呀轉呀繞呀……

「如何，老闆新研發的牛奶拉麵好吃吧？」顧爵一臉喜孜孜，好像男孩在炫耀新買的玩具車。

「好吃是好吃。」沈眠放下筷子，輕嘆：「你是故意的嗎？把我跟日晚同時約出來……」

「有什麼不好，妳們不是朋友嗎？」

這夜，顧爵主動把溫日晚與沈眠叫出來，地點在上回他們三人一同吃晚餐的日本料理店。起初她們雙方並不知情，直到在店門前看見對方。

第一時間，沈眠的雙腳彷彿是正處叛逆期的青少年，差一點就拖著她直接轉身離開，幸好她的大腦比較理智，只見溫日晚有些僵硬地舉起手，露齒淺笑，對她說：「我們進去吧。」

「吵死了。」傲嬌的沈眠瞪他一眼。

不久後，溫日晚從洗手間走回座位。

三個人安靜的低頭吃著香氣四溢的拉麵，你不說話、我也不開口，直到最後一根麵條吸進口中——

「咳、咳咳——」心不在焉的沈眠被湯汁嗆到，連咳了好幾聲。

「給妳。」下意識的，溫日晚扔下湯匙，趕緊抽出一旁的面紙遞給她。

「日晚謝謝……」沈眠想也沒想的就接過，下一秒，她擦拭嘴巴的動作戛然停止，溫日晚意識到方才的行為後也尷尬地耷拉著小腦袋繼續喝湯，但明明都已經見底了……

直到離開日本料理店為止，她們始終沒再與彼此說過任何一句話，今夜的計畫宣告失敗了。

顧爵兩手一攤，他不管了，剩下的就交給老天爺吧。而，老天爺真的聽見了顧爵的聲音。

幾天後的晚上，剛洗完澡的溫日晚抱著那隻等身大的泰迪熊，窩在地毯上。

這陣子她總煩惱著沈眠的事情，每天都睡得不好，縱使九點就躺上床準備入睡，但整夜下來數了千百隻羊後她還是拖到凌晨三點才終於進入夢鄉。

明天是假日，她決定什麼也不管了，就等到周公願意找她下棋時她再上床睡覺。

然而，當分針指向數字十一、時針幾乎快要指向數字十二時，敲門聲貫破了靈異節目的來賓驚叫聲。

她先是被嚇了一跳，接著起身透過貓眼一看……「沈眠！」

「妳要睡了？」見溫日晚一身家居服打扮，沈眠不禁懊惱自己是否太衝動了。

溫日晚搖頭，大力地搖搖頭。

「那我可以進去嗎？」沈眠輕問。

「當然可以，進、進來吧。」

之後，她倆都不講話，一個抱著泰迪熊縮在地毯上，一個坐在化妝椅上一臉欲言又止，彼此各看著不一樣的地方，沉默靜靜在叨擾。

良久，溫日晚率先抬頭，一對杏眼直直抓住沈眠。

然後她說：「沈眽，對不起。」

「日晚……是我要跟妳說對不起。」

沈眽霎時鼻頭一酸，她緊緊抿著唇，深呼吸了數回，又輕聲——

「我跟梁斯望告白了。」她望著她，「我知道梁斯望要離開了，我想了很久，我不希望我的愛情就這樣什麼也不做、什麼也不說，只可憐兮兮地留下一個難堪結局，我不想帶著遺憾去迎接下一段感情。所以在梁斯望離開的那一天，我追了上去，然後在車站大廳裡跟他告白了。」

接著，沈眽站起身，繼續道：「梁斯望他說他很謝謝我喜歡他，謝謝我願意把人生裡其中一份珍貴的喜歡送給他，但是他不能接受我的感情。」

溫日晚唰地也站起身，連自己也毫無察覺的，她的眼眶逐漸聚集濕潤，不為別的，只因沈眽這番勇敢的行動，以及對於所愛之人的坦承。

「因為他已經有喜歡的人了。我說我知道，我當然知道，然後我問他……」

「你喜歡的人……是日晚，對嗎？」

「是的，我喜歡的那個人，就是溫日晚。」

趴搭一聲，淚滴跌落懷中的泰迪熊頭上。

梁斯望……也喜歡她？

「日晚，這是真的，我沒有騙妳。」沈眽吸了吸鼻子。

溫日晚的胸口忽然被成千上萬的情愫推擠，她的腦袋亂哄哄的，甚至連一個完整的字句都湊不出來。

「沈眽，我——」

「是我太不成熟了。」

她猛然打斷她的話，「我只自私的光顧著自己的感受卻忘了妳又有該多煎熬、該有多難受，為了我，妳忍耐著自己真正的心意而無法坦露，只能被罪惡感壓迫……」

「沈眽！」

「這段日子的種種冷漠，我真的對妳很抱歉。」

「沈眽——」

「我們是朋友，我們明明是好朋友，而我卻逃避了這份友情……」

她說著，而溫日晚一步一步朝她走去，接著將懷中的泰迪熊往旁一扔，伸手緊緊抱住沈眽，然後說——「沈眽，我們和好吧。」

溫日晚崩潰大哭，好似要將這段難以入眠的日子中的所有內疚擔憂罪惡全數發洩，隨著淚水狠狠地將它們沖蝕，最後只留下蛻變後的自己。

「好。」沈眽回抱住她破涕為笑，「我們和好吧！」

一切都變好了，在那融化雪水之中，一朵嬌美芬芳的花朵也悄悄地盛開了。

過了好半晌，她們互看幾秒，噗哧一聲，跟著綜藝節目的罐頭音效一起抱著彼此哈哈大笑。

「妳告白了嗎？」沈眠拉著溫日晚坐上地毯。

溫日晚把被泰迪熊重新塞回自己懷中，晃晃腦袋，「怎麼可能告白……」

「現在不需要顧慮我，我是真心的，雖然可能還會難過一陣子，但已經沒事了，失戀就失戀，反正妳也知道我的個性，大不了再找下一個男人來愛就好了嘛！而且……還有妳在，對吧。」

沈眠如此說道，說完後還害羞地隨手抓了個抱枕埋臉尖叫。

溫日晚被她這反差萌的模樣給逗得捧腹大笑，惹得沈眠惱羞成怒，伸出魔爪就朝她的肚子搔癢。

「好了好了，我認輸！」溫日晚舉起白旗投降。

「反正，在感情世界裡，沒有什麼讓不讓，喜歡了就是喜歡了，誰也不能阻止妳，誰也不能控制妳的心，妳喜歡一個人的那份心意是比世間上任何事物都還值得把握與珍惜的東西！況且，梁斯望喜歡妳呀。」

「可是我現在忽然不知道該怎麼向他表達，腦筋好像打結了，萬一我做得不好，沒有好好傳達我的心意，該怎麼——」

她還是母胎單身，只有喜歡過人的經驗，卻從來沒有跟人告白呀！

「那又怎樣？重點不是告白的形式，而是告白當下的真心。」沈眠搭住她的雙肩，眼神篤定：「只要妳把妳自己的心意用自己的方式好好告訴他，他會瞭解的。最重要的是，梁斯望喜歡的是妳，妳喜歡的是梁斯望，你們兩情相悅，就該好好珍惜這份得來不易的感情，妳必須要為了自己、為了梁斯望，拚死拚活使出吃奶的力氣也要努力把勇氣擠出來，然後用力地勇敢一次！」

溫日晚聽著，好不容易止住的淚滴又一顆一顆墜下。

「吼，幹麼哭啦……鼻涕擦一擦，噁心死了。」沈眠一臉拿她沒辦法。

「我太感動了嘛！」溫日晚又哭又笑。

還有，因為沈眠的坦率瀟灑，因為沈眠那振奮人心的話語，以及……得知心上人也對自己抱持著相同的情感。

在這一刻，溫日晚決定，她想要為自己勇敢一次。

「沈眠，今晚妳就住下吧。」溫日晚猛然站起身。

「嗯，反正我本來就打算要直接賴在妳家，就跟以前一樣。」沈眠聳肩一笑，理所當然地道。

「那今天整張床都是妳的。」溫日晚開始到處東摸西搜。

「蛤？那妳要睡哪？睡廁所？」沈眠滿頭問號。

下一秒，溫日晚華麗地回過身，臉上帶著一張春暖花開的笑臉，彷彿能融化人心。

「就像妳說的，我必須為自己以及我所愛的人勇敢，所以今天晚上，我要為自己的愛情勇敢了！」

# Chapter 10
# 貓與綿羊

午夜時分，夜已深。廣闊筆直的馬路空無一人，只剩大地演奏的寂靜交響曲，還有風滾草的掌聲，以及機車的轟隆引擎聲響。

溫日晚穿上那件陪伴她已久的褐色大衣，獨自一人在夜色中騎著機車直直朝那輪明月行駛。

她一邊騎，一邊回憶起與梁斯望相處的種種……

「我們似乎見過三次面了對吧？又或許該說……隔壁鄰居？」

「不如我們直接一起跑回家吧，兩個人比較不孤單。」

「有我當肉墊，妳還怕疼嗎？大不了……就一起跌倒。」

「走，哥帶妳去吃好吃的。」

「溫日晚，妳真是奇怪的人。明明悲傷的是我，哭的卻是妳。」

「妳喜歡貓嗎？」

「借我抱一下就好，以後我會還妳的。」

「因為我想跟妳一起吃早餐。」

「我們回家吧。」

春夏秋冬裡的無數次巧遇、一起被困在行政大樓的那夜、玫瑰花園的惡作劇、迷宮裡的躲貓貓、海邊的承諾、聖誕細雨下的擁抱……那些好的、壞的、快樂的、悲傷的，他們一起創造的每個回憶猶如天邊那些小星星，一點一滴的將她的心照亮，璀璨美麗。

午夜十二點，本該是進入夢世界翱翔冒險的時段，溫日晚卻說她要直接去找梁斯望。

溫日晚想，這絕對是她到目前為止最任性、最衝動……也最勇敢的一件事了。

他就猶如一隻貓咪，悄悄顛著優雅的腳步，溫柔又浪漫地為她的世界曬下遍地的玫瑰花瓣。這隻叫做梁斯望的笑臉貓是她最喜歡的人。

溫日晚臨走前，沈眽還完全反應不過來，她覺得溫日晚簡直是瘋了，瘋得徹底，甚至不禁後悔起自己剛才是不是說得太……勵志了。

「噢天，妳是神經病嗎？想要告白未來還多的是時間可以慢慢告，妳甚至可以天一亮再出發，何必現在就去？」

畢竟這大半夜的，一個女孩子獨自從台北騎到新竹不太妥當吧，縱使兩地之間並沒有如太陽與地球的距離那般遙遠，可是溫日晚這行為也未免太過衝動了。

「我已經等不及了，即使是一秒我也不想再繼續等了！」

溫日晚很篤定，渾身散發足以灼人的熱血，杏眸更是充滿堅定，以及燦爛無比的任性。

瞧她猶如聖火高舉的運動員，沈眽無奈搖頭笑了。趁她在門口綁鞋帶時，沈眽從包裡掏出一個暖暖包，然後塞進她的大衣口袋。

「路上小心。」沈眽說：「要是梁斯望欺負妳，立刻告訴我我馬上殺過去宰了他。」

「好。」溫日晚點點頭，伸手抱住她，還撒嬌般的蹭了幾下。

於是，此刻。溫日晚氣喘吁吁的站在一扇門前，彷彿跑了地球整整一圈。

梁斯望就在裡頭。

前晚是阿蔚的生日，一夥人相約到Poker face rose跳舞慶祝，溫日晚雖心情不美麗但畢竟是交情不錯的學長生日理當得一同慶祝，而細膩的韋薇注意到她少了往常的元氣，便趁著其他人在玩國王遊戲時藉故找了個理由領著溫日晚到另一處較為安靜的吧檯透透氣。

在韋薇去洗手間時，溫日晚左顧右盼了下，卻沒見著酒保大叔的身影。活動結束後，她陪韋薇到對面的超商買東西，她在自動門前巧遇今天恰巧休假的酒保大叔，兩人閒聊了會兒，酒保大叔偷偷告訴了她梁斯望目前的地址。

其實早在之前溫日晚就想問他，但她卻遲遲問不出口，好像問了，就代表他真的要離開了，不過說到底就只是因為她不敢面對事實罷了。而梁斯望本也想告訴她，可卻遲遲碰不到時機，一忙碌起來，時間也從指縫毫不眷戀的溜走了。

幸好有酒保大叔的助攻提醒，才讓她此時此刻能摁下門鈴，向最心愛的男人傾露自己的感情——

「溫日晚？」一打開門，梁斯望霎時瞪大雙眼，驚訝得連呼吸都慢了半晌。

終於見到分秒都在思念的那人，一瞬間，溫日晚忍不住嚎啕大哭，哭得整張白嫩小臉紅得像顆熟透的番茄，惹人生疼。

「妳、妳別哭啊……日晚，是不是發生什麼事了？」梁斯望慌了手腳，滿頭霧水，只能趕緊安撫著懷中的淚人兒。「好吧，想哭就儘量哭出來，但哭完之後告訴我妳怎麼了好嗎？嗯？」

「你、你家怎麼這麼遠啊——」溫日晚抽抽噎噎，生氣地捶打了下梁斯望的胸膛。

嗚嗚，她的屁股坐到好麻，途中還被幾隻兇惡野狗追著跑，她還以為自己會死在半路，然後登上明天的社會頭條新聞。

梁斯望又氣又好笑：「妳真的是……這世界上恐怕沒人比妳還要更亂來了，從台北騎過來妳知道有多遠嗎？更何況現在不是下午三點，是凌晨三點──」

「夠了夠了，沈眽已經唸過我了……」溫日晚摀住他滔滔不絕的嘴。

她也知道自己很亂來，但她就是等不及要見到他了嘛！

「倒是你怎麼還沒睡？」

「睡不著，就在寫歌，結果門鈴突然響了，還以為是什麼靈異事件。因為某位前輩說這棟公寓歷史悠久，而且幾年前曾不幸發生命案，據傳曾有人在深夜聽見敲門聲，可前去應門後卻沒見半個人影，反覆了幾次甚至果斷待在玄關等待可每每打開門卻都是相同的結果……」梁斯望微微一笑：「結果是妳來了，我很開心。不過妳怎麼這麼可愛，連安全帽也跟著帶上來了。」他眼神寵膩，將她的安全帽摘下，接著將溫日晚一把攬進懷中。

溫日晚的來臨太過驚喜令他幾乎措手不及，甚至一顆心直至此時都尚未緩和。

之後，她問能不能讓她留下，其實這句話並不是問句而是純粹的「告知」，而他一下子就看出藏在她眼眸中的惡作劇，於是他點點頭，並回答好。畢竟現在夜還深沉著，如果她到飯店投宿他根本一點都不放心也不願意，所以還是把這隻小綿羊繼續放進懷裡才是最適合的選擇。

只是，梁斯望不過才正泡杯奶茶打算給溫日晚暖暖身子，結果她就直接倒在沙發上睡著了，小嘴微張，頰上躺著顆尚未蒸發的小小淚滴，睡得挺熟。

冒著白煙的熱奶茶擱在小茶几，他莫可奈何的露出一抹柔笑，然後輕輕將溫日晚一把抱起讓她躺在床鋪上睡，接著點亮小夜燈，為整個靜謐空間染上暖入心頭的溫馨。

只是走沒幾步，梁斯望又戛然停住腳步，像似惦記著些什麼。回過身，他悄聲挨在床邊，眼眉穿梭深情，靜靜凝視此刻正翱翔於夢境的溫日晚，他望著她的睡顏，笑眼流淌著溫情，然後他傾身，化身成一名偷吻怪盜，悄然無聲地偷走了一個吻。

隔日，天亮了。電線杆上的鳥兒們嘰嘰喳喳，溫日晚睡眼惺忪的走出房門，發現梁斯望抱著一把吉他靠著沙發睡著了，桌上還有幾張樂譜。

她躡手躡腳的走近，卻還是把他吵醒了。溫日晚有些小尷尬，嗓子甚至還有點粗嘎：「早安……」

「早安，日晚。」陽光灑進屋裡，梁斯望像隻慵懶的大貓咪，讓人好想抓過來用臉頰大力蹭蹭，一頭紅酒色短髮被睡得有些亂翹。仔細一瞧，他的眼下浮著淺淺黑印，溫日晚不禁生起歉意，都是因為她連通知一聲也沒有就兀自跑來找他。

「你整晚……都沒睡好嗎？」

「喜歡的人就在身旁，怎麼捨得睡？」

梁斯望朝她一笑，這番話聽了令溫日晚霎時臉頰一燙，一顆心害羞得七上八下，嚷嚷著要去刷牙洗臉便飛也似地衝進廁所。

「我忘記帶牙刷了……」三秒後，溫日晚探出一顆頭，神情羞窘。

「備用的放在抽屜，我拿給妳。」

兩人洗漱完畢後便到附近的早餐店吃早餐，就和以前一樣。

「帶妳去個地方，妳一定會喜歡。」吃完早餐後，梁斯望忽爾神祕兮兮一道，接著便領著溫日晚俐落地穿過幾條小徑，踩著悠閒步伐，兩旁景緻從商家街道逐漸換上田野的自然衣裳。

不一會兒，映入眼簾的是一整片絢爛美麗的玫瑰花海。

「好漂亮！」溫日晚不禁驚呼，以遍地的紅玫瑰開啟一日的生活簡直是再浪漫不過的事。

「這裡是我前幾天散步時碰巧發現的，而且花海主人跟崔爺爺是舊識。」

「真的？對了，好久沒去找崔奶奶他們了。」

「下次再一起去吧。」

「好。」溫日晚用力點頭，開始期待那一天的到來。

初春的微風舒爽宜人，陽光普照，兩人有說有笑的漫遊於田野間，儼然是這早晨中最浪漫的一幅圖畫。

「睡飽了也吃飽了，那妳現在總該告訴我了吧？」天空蔚藍，雲絮飄然，梁斯望突地停下腳步。

溫日晚也跟著止步，她明白他要問她的是為什麼大半夜的就直接跑來，昨晚一切太混亂因此她根本就忘了解釋，只是……現在的她突然好緊張呀。

「嗯？」瞧她有一下沒一下的在偷瞄他，小眼神好似在盤算些什麼，梁斯望捧住她的臉頰擠呀擠。

「我縮！我縮就是了！晃開偶……」溫日舉手投降，乖乖從招。

她搔搔鼻頭，緊張地盯著自己的布鞋與他的球鞋，然後再抬起頭，她睜著杏眸，看著面前這個她最最最愛的人，甜甜的嗓音繚繞在那嫣紅玫瑰之中，她說——「梁斯望，我喜歡你。」

撲通、撲通、撲通——一瞬間，梁斯望清楚聽見了那來自心間的怦然細語，同時，猶如此刻陽光的暖意也一點一滴流入他的心頭，是那樣溫軟，那樣的熟悉。

「原來親耳聽見妳說喜歡我，是這麼幸福的一件事，甚至比想像中還要不可思議。」

日光下，梁斯望揚起嘴角，那張笑臉溫日晚早已看過了無數遍，甚至早已刻印在心上。

「溫日晚，我也喜歡妳。妳願意當我的女朋友嗎？」

溫日晚沒有回答，而是逕自伸手一把勾住梁斯望的頸肩，踮起腳尖，緊緊地抱住他。

他一瞬間就知曉了她的答案，梁斯望環住她的身子，忍不住將臉埋進她的頸肩窩，像隻貓咪般撒嬌。之後，終於成為情侶的兩人手牽著手一起度過了如蜜糖般的一天，平凡而幸福。

梁斯望騎著機車載溫日晚到市區晃晃逛逛，去了書店、去了遊樂場，在各個角落都留下回憶。

然後，他們看了一場電影。陰森氣氛顫得觀眾皮皮剉，女鬼張牙舞爪的懼臉猛然自螢幕衝出，全場驚聲之際，溫日晚卻很不專心甚至壓根兒不知道劇情進行到哪裡了，在主角一行人逃亡間，她鬼靈精怪的就往梁斯望的臉頰偷偷啾了一口。

一連串的靈異事件落幕，驅魔師帶著飽受鬼魅騷擾的一家人步出詭宅。

片尾，當年的真實照片陸續放映，然而演員名單都跑完了，正當眾人議論紛紛著為何院內燈光還沒亮起時，黑屏的大螢幕卻漸漸浮出方才電影的那隻被封印百年的詛咒娃娃。

它嘴角上勾，坐在老舊泛黃的櫥窗角落……下一秒，它猛然轉過頭，那對令人不舒服的冷眸直盯鏡頭，嚇得觀眾放聲尖叫，搞了半天，原來這是在替明年上映的續集提前做宣傳。

而電影才播一半就把可樂喝得精光因此現在急著跑洗手間的溫日晚早已離開座位，在正步下倒數第二階樓梯時好巧不巧就完全面對大螢幕的詛咒娃娃，眼前愕然撞進放大好幾倍的恐怖鬼臉，她頓時嚇得抖出一身雞皮疙瘩，緊閉著嘴連尖叫都忘了，下意識的就想逃跑，結果一個旋身就恰好躲進絲毫無感的梁斯望懷中，那是能把所有惡靈都阻擋在外的小小城堡。

「乖，不怕不怕。」梁斯望拍拍她的頭頂，安撫她被嚇得半條命都快沒了的小心靈。

夜幕低垂，他們在街邊的永和豆漿裡稍作休憩並簡單吃點晚餐。

滿桌餐點令人看了垂涎三尺，有蘿蔔糕、燒餅油條、熱豆漿等等，飢腸轆轆的溫日晚等不及用筷子挾起一塊蘿蔔糕，她發現上頭沾著辣醬，原來梁斯望記得她愛吃辣，無論什麼食物都喜歡添上一點辣。

此時，溫日晚忽然想起些什麼，小眼睛羞怯地轉了轉，有些口齒不清：「我有點好奇……你是從什麼時候開始喜歡我的？」

梁斯望笑道：「老實說，我也不清楚確切的時間，等到發現的時候已經喜歡到無法自拔了。不過得感謝大叔，那時候我們不是吵架了嗎？當時妳一直在刻意躲我，我很生氣，也覺得很無助，我不知道為什麼會超乎自己想像中的那麼心神不寧又坐立難安，後來我真的煩惱到快死了，忍無可忍就跑去問大叔，結果大叔就告訴我……我會生氣、我會心煩，全都是因為我喜歡妳。」

聞言，溫日晚默默放下手中的豆漿，腦中悠悠開始想像起梁斯望抱著頭，像是搶不到魚兒吃的貓咪般那可憐兮兮的畫面。思及此，她噗哧一笑，自得其樂的咬著吸管。

梁斯望捕捉到她藏不住的小驕傲，他托腮，故意瞇起眼，狐疑地問：「日晚，妳是不是在偷偷想什麼色色的事？」

「我哪有！」聞聲，溫日晚害羞地反駁，大口大口將燒餅油條塞進嘴裡。

「吃慢點，沒人會跟妳搶。」梁斯望抽了張面紙體貼地替她擦去嘴邊的殘餘辣醬。

「梁斯望，你吃吃這個。」嚥下燒餅油條後她又朝小籠包進攻，接著像發現新大陸般，她挾了顆飽滿小籠包湊上梁斯望的嘴邊。

他接過她的筷子，沒吃下，卻反而問：「日晚，妳打算等到什麼時候才要叫我的名字？」

聞語，她僵硬了三秒，隨後像孩兒般牙牙學語，「梁……斯望？噢——」

可是才一說完，她卻脹紅了整張臉，整個頭幾乎要埋進豆漿中。不是嘛，她需要一點時間適應。

梁斯望眼神寵膩的笑了笑，糟糕，這隻小綿羊實在太討人喜愛了。

「日晚，妳的臉好紅，好像番茄。」

「還不都你害的。」

皎潔月色將大地染上一片溫煦，寧靜美好。玩了一整天，返家途中，停等紅綠燈時，梁斯望透過後照鏡發現身後的溫日晚竟然在這種情況下抱著他睡著了。梁斯望好氣又好笑，於是便以緩慢平穩的速度在路邊停下，體貼地讓她在這夜色中與周公愜意下棋。

良久，與周公的棋盤大戰暫告一段落，溫日晚終於醒來。

「……我睡著了？」睡眼惺忪的她喃喃，同時趁著梁斯望在低頭滑手機時趕緊將嘴邊的口水抹去。

「而且還打呼了。」只是梁斯望更技高一籌，早就捕捉到她的動作，抿著笑意。

她亮開手機，老天爺呀她至少睡了一個小時，現在再騎回台北的話時間也就更晚了。

「看妳睡得這麼熟，捨不得叫醒妳。」

「你剛才等得很無聊吧。」她撒嬌般地將下巴擱在他的肩上。

「不會無聊。」梁斯望側過頭，揚起的唇角被路燈鍍上一抹暈黃，「因為研究某人的睡臉還蠻有趣的，口水……」

「喂！」溫日晚惱怒又羞窘地搥了下他的背。

梁斯望拉下安全帽面罩，悶笑聲淺淺響起，接著他將溫日晚的手貼上自己的腹部，溫潤嗓音朗道：「抱好，我們回家了。」

半小時後，機車於公寓的附設停車場停下。

溫日晚躍下機車，正準備將安全帽摘下時，梁斯望突然輕扯了下她的手腕將她帶近自己。只見他笑而不語，接著微微傾身……下一秒喀地一聲，兩人的安全帽撞在一起。

她噗哧，他尷尬。然後溫日晚主動將自己的安全帽脫下，快速地從他的唇上印了個蜻蜓點水。

不久後，溫日晚拉著梁斯望的牛仔外套衣角依循踏上階梯，每走一步，她就越是忐忑。

怎麼辦，當時太過衝動，她根本沒帶任何換洗衣物。呃啊啊，她剛才不該睡著的！

昨天晚上她是洗完澡才出門的所以沒關係，但現在……今天的氣溫還算偏冷，一整天下來幸好也沒留什麼汗……算、算了，由於是緊急情況，就忍耐一個晚上就好！忍耐！

倒是上衣跟褲子，現在夜深了店家早已打烊，她怎麼這麼金魚腦竟然忘記要買……總之現在不是埋怨的時候，等等就趕緊扔進洗衣機裡應該沒問題，可是就卡在等衣服乾的那段時間，她總不可能一直躲在浴室又或是直接光溜溜的出來溜達啊——

「日晚，妳今晚還是在這裡住下吧，時間太晚了，妳現在回去的話我不放心。」

梁斯望驀地回過身，陷入煩惱小漩渦的溫日晚撞上他的胸膛，她吃痛地摀著額頭，才發現不知何時他們已站在客廳，牆上的布穀鳥時鐘滴滴答答，格外亮耳。

梁斯望用指腹揉揉她的額頭，雖然知道她始終得回去但自己卻又很任性的希望她能留下。

「我會到朋友家借住，就在附近而已，所以妳不用顧慮，就安心在這裡睡吧，餓了的話冰箱的東西都可以拿來吃，有什麼問題就立刻打給——」梁斯望從房裡拿出一條白浴巾。

「沒關係，你可以留下！」

「妳一個人會怕嗎？」

「不……不是這個問題，我不會怕。」溫日晚尷尬地眼珠子胡亂打轉，好半晌才懦懦道：「因為是我自己突然跑過來的，所以梁斯望，你不用到朋友家借住，留下來。」

如果可以他當然希望能留下，一方面能陪溫日晚，一方面是因為自己也不想離開她。

只是他會顧慮到其他因素，畢竟男女同處屋簷下，縱使他們在一起了，或許溫日晚對這方面會有所顧忌，愛歸愛，彼此之間還是得保持尊重。

「妳確定嗎？」

「確定。」她正色，「而且……我們都在一起啦！」更何況也渡過一夜了……這句話溫日晚太害羞不敢說出來。

見溫日晚一臉堅定認真，宛如只要他一踏出此地一步，小綿羊就會化身為披著綿羊皮的大野狼狠狠咬他一口並將他拖進來……梁斯望忍不住失笑，被自己的小劇場打敗。原來人談起戀愛之後真的會變笨，連思考邏輯都短路了，他妥協：「那……妳要先去洗澡嗎？」

聞語，溫日晚的小臉又霎時一熱，連忙拒絕：「沒關係，你先去洗。」

梁斯望將電視機打開，並把遙控器交給溫日晚。「那妳隨便坐，想做什麼都行，抽屜裡有餅乾，吉他在牆角，桌上的筆電也可以用，然後密碼……是妳的生日。」語畢，他立刻紅著臉衝進房裡隨手抽了套T恤長褲，然後飛也似地奔至浴室，一連串的動作在短短五秒鐘內執行完畢。

但此時的溫日晚無法耗太多時間融化在他這反差萌的行為上，當她聽見熱水器運轉的聲響之後便以跑百米的速度衝至樓下的超商購買一次性內褲，接著又趕緊衝回去。

「好，現在什麼問題都解決了，只剩下衣服……」

溫日晚駝著背跌進沙發，眉頭深鎖，好似在盤算著什麼機密要事。而突然間浴室的門打開了，一團白霧綻開，梁斯望一邊擦拭著濕透的短髮一邊走出來。

溫日晚見狀，立刻正襟危坐，腰桿挺得筆直，儼然像個威風凜凜的軍人。

「幹麼這麼緊張？」

梁斯望彎起眉眼，混著沐浴乳香氣的熱氣直撲她的肌膚。

像個純情少女般，她忍不住用雙掌摀住自己羞紅的臉蛋，這是她第一次談戀愛，害羞是難免的嘛。

但下一秒，她又猛然抬起頭，意識到自己不該再繼續陷入粉紅泡泡裡。

她輕喚他，站在冰箱前的梁斯望邊喝著麥茶邊側頭等待她的下文，她手指交纏在一塊，腦子熱烘烘成一糊，開始胡言亂語：「你有女生的衣……呃、不是不是不是！你有長度大約八十或九十的……」

「等我一下。」

梁斯望將麥茶放下，她話還沒說完，他就兀自走入房裡。半晌，梁斯望將一件長度恰巧能蓋住她大腿一半的白襯衫遞給溫日晚。

「我找了很久，結果最適合的只剩這件。」梁斯望的耳朵有些微紅，視線偷偷地移至牆上的某幅插畫。

原來他聽懂了她剛才要說的是什麼……溫日晚下意識的將整張臉埋進裡頭。

洗了一身舒爽後，溫日晚站在浴室鏡子前東喬西扯搞了好一陣子，幸虧她長得矮、不對，這樣不是變相在罵自己嗎？應該說幸虧梁斯望長得高，總之該遮的都遮住了。

於是溫日晚披著浴巾，心情頗是愉悅的走出浴室，然後將換洗衣物扔進洗衣機裡。

「日晚，妳這樣好像小朋友偷穿大人的衣服。」坐在沙發上長腿交疊正使用筆電的梁斯望瞧她春風滿面的哼著小調，忍不住調侃道。

這時溫日晚才慢半拍的審視了下，襯衫袖子足足比她的手長了好大一截，晃呀晃呀好像大象的長鼻子，真的就像是小朋友偷穿大人的衣服。

「誰叫你長太高了。」她怒瞪，作勢舉拳。

「過來，我幫妳吹頭髮。」梁斯望將筆電擱至一旁，拿起茶几上的吹風機。

溫日晚乖巧地一屁股坐上電腦椅，滾輪滾呀滾溜至梁斯望面前，像個小公主般等待女僕替她服務。

吹風機的運作聲幾乎快要蓋過體育賽事轉播的歡騰聲，陣陣熱風吹呀吹，原本濕潤的髮絲漸漸吹整成蓬鬆Q彈的俏麗短髮。心情大好的溫日晚玩心一湧，開始左右不停搖著椅墊，結果被梁斯望捏了下耳朵，她鬼靈精怪的嘿嘿笑了兩聲。

「別動，妳是毛毛蟲嗎？」

「好玩嘛。」

半晌，吹風機的聲音煙消雲散，空氣中飄盪著來自香氛水氧機的木質森林淡香，以及繚繞在鼻息間的沐浴乳香氣，令溫日晚無知無覺的一對眼皮又要闔下，昏昏欲睡，最後她側身直接倒進梁斯望的懷中。

梁斯望低眸凝視正靠著自己胸膛閉起眼睡著的溫日晚，他有些無奈，彎起笑眼，眼神盡是寵膩。

他以極輕極緩慢的動作將吹風機放回茶几，結果這一舉動卻還是不小心驚擾了懷裡的人兒。

「嗯、唔……」

她喃喃自語著些什麼，這讓梁斯望不禁覺得神奇，才短短幾分鐘的時間而已竟然就已經在做夢了？

綿綿細語遨遊於時鐘滴答聲中，他對她的夢話越來越好奇，好奇她究竟是夢見了什麼冒險，於是他不由自主的微微垂頭側耳，想聽得更加清楚——

孰料，溫日晚卻突然挪動了下身子，小臉還撒嬌般蹭了蹭他的胸膛，下一秒，她懶洋洋地伸手攀上他的脖子使得彼此距離在一瞬間拉近，在他心臟猛然停頓之際，她的唇不小心輕輕貼上他的，一抹柔軟與溫熱隨之悄悄發酵。

溫日晚驀然睜開眼，頓時驚醒，震驚之餘，她下意識的往後躲開一吋，不敢置信自己竟然主動吻了他。腦袋彷彿在一秒鐘內灌入了百萬公升的血液，她脹紅著臉，接著她站起身。

「那個、我去看衣服洗好——」

然而梁斯望卻也跟著起身，並且先一步拉住她的胳臂，輕輕一扯，溫日晚又順勢跌回他的懷裡。

「了沒……」

溫日晚仰著頭，眨著杏眸，嗓音像沾上蓬鬆棉花糖般溫軟輕甜，絲毫不明白她究竟讓他有多瘋狂。

梁斯望的眼底藏著細碎燦光，澄澈而又夢幻，模樣深情得猶如全世界的溫柔都這一刻聚集於此。

「溫日晚，是妳先開始的。」他低吟著，溫潤的磁性細語在她耳畔若有似無的撩撥，撓得她心癢難耐，「所以，妳不能怪我。」

「怪——」

語落，溫日晚還來不及反應，一道紅酒色澤的陰影便悄然落下，梁斯望的大掌輕覆上她的後腦杓，一手扶住她的腰並將她靠近自己，低頭將她的小嘴給堵住。

「等、等一下……梁斯望！」

「嗯？」充滿誘惑的單音撩撥她的心臟，梁斯望輕咬了下她的耳朵，溫熱氣息直撲她的頸脖。

這太犯規了啦！

「日晚，專心。」

兩人之間僅剩下一指節的距離，他輕輕一笑，任性又霸道，不給她說話的空間，曖昧與愛戀繼續發酵，一陣細吻又再度翩然降臨，緩慢的、眷戀的、小心翼翼的拂過吋吋肌膚，眼睫、臉頰、耳畔、頸窩……兩人吻得難分難捨，纏綣交織，溫日晚覺得體內的細胞們在這一剎那已經全數罷工了，身體熱烘烘成一團亂。

她不自覺的抓皺了梁斯望的衣服，她能清楚地感覺到他此時此刻的一切是那樣深刻溫柔卻又曖昧清晰……

「好笨拙。」

良久，梁斯望將額頭抵住她的，嘴角輕勾，低嗓蘊著一抹磁性：「下次我再教妳，記得學起來。」

登時，溫日晚顧不得平復呼吸，白裡透紅的臉頰霎時又唰過一片紅暈，她忿忿地朝他的肩揍了幾拳，不服氣地拷問：「從實招來，你在哪裡學的？跟誰學的？可是不對啊，我記得你之前曾跟我說你還沒有交過……」

「我也是第一次。」

一個旋身，梁斯望靠著中島，駝著背，慵懶地環住溫日晚的腰，與她的視線水平，輕輕笑了。

聞言，溫日晚錯愕的抽了抽鼻子。天哪，所以他是無師自通？

她怎麼找到一個這麼——犯規的男朋友啦！

「晚上我會睡沙發，妳就睡床吧。」他伸手將她落在頰畔邊的碎髮勾至耳後。

「為什麼？」她的腦袋瓜還沒重新啟動，細胞們還懶洋洋地不肯上工。

梁斯望見溫日晚一臉單純無邪的天使貌，似乎還真的不懂他的話中之言。

「溫日晚，別害我忍不住想吃掉某個人。」他的目光刻意迴避，說得有些僵硬。

轟地一聲，這句話溫日晚完全聽懂了。她悄悄低眸審視自己，身上的白襯衫本就過大結果現在可好，幾乎快露出整片鎖骨肌膚，甚至原本扣上的鈕扣已經不知何時竟然鬆開了兩顆，然後剛才又……

「日晚，妳現在的表情很不純潔喔。」梁斯望瞇起眼，揪著她：「口水都流出來了，好像癡漢大叔。」

「你才沒那個資格講我！」溫日晚又羞又氣。

「好啦，時間晚了，睡覺吧。」

「才十一點五十……還那麼早。」

「那妳想幹麼？」他又將溫日晚朝自己靠近了些，兩人身上都圍繞著相同的舒服香氣。幾秒鐘後，他像隻狡猾狐狸般，故意瞇起眼懷疑：「妳這腦袋在偷偷想什麼，小色鬼。」

「梁斯望你！你是不是欠揍——」

# Chapter 11
# 沉睡的靈魂

時光飛逝，歲月如梭。帶著些許傷感與不捨以及滿腔期待的畢業生們在鳳凰花開的炙熱正午將學士帽高高往藍天拋去，象徵著期盼自己的夢想也能一同朝那萬里無邊的天際翺翔。

梁斯望、韋薇以及阿蔚畢業了。顧爵接下新一任的學生會會長；溫日晚依舊是學生會裡不可或缺的那個總是東忙西弄的勤勞小綿羊；沈眠花了一個月的時間走出失戀，之後她開始以加倍的心力朝自己的夢想鑽研，甚至還將積蓄全數貢獻，一個人到德國遊學。

一切依然平凡，每個人始終都在為自己所愛的人事物努力生活著。

秋季偷偷地抵達整片大地。這天，是溫日晚與梁斯望的約會日。

雖然兩人身處同座城市，交通也不成問題，可是卻已經有整整兩個禮拜沒有與對方見面。

梁斯望已開始著手投入籌備新專輯的計畫中，每天七早八早就到公司與經紀人及團隊討論編曲、專輯概念等細節，一整天忙碌下來連閒暇的半刻都成奢侈，甚至時常索性不回家了，直接睡在公司的沙發。

不過他倒是很樂在其中，好像哪一天不小心被音樂吞噬了也心甘情願，畢竟是自己的生活重心，同時也是一直以來的夢想。但他可絕對不會讓那一天有成真的一天，因為他還有個女孩要守護呢。

而疲累歸疲累，溫日晚與梁斯望依舊養成每天打一通電話給對方的習慣，雖然偶爾僅只有短暫的兩三分鐘，但只要能聽見對方的聲音便也足矣。

他時不時會趁著小小空檔就傳訊息給溫日晚，問她吃飽了嗎？現在在做什麼？然後拍一張目前角度的圖片傳給她，鏡頭的畫面永遠都是麥克風、鋼琴、爵士鼓……

而溫日晚也相同，有時候還會很故意地把萬惡宵夜照丟過去，惹得被經紀人下禁食令的梁斯望只能在半夜莫可奈何又不甘心地抱著吉他，然後化飢餓為力量逼迫自己把歌詞搞定。

好不容易專輯的初步籌備終於告一段落後，梁斯望一結束工作便打給人正在等公車的溫日晚。

「遊樂園？」溫日晚聽見關鍵字後忍不住拔高了音量。

「妳上次不是看著雜誌嚷嚷著說好久沒去好想去嗎？明天我放假，我帶妳去遊樂園玩。」他戴上剛才經紀人拿鐵硬塞給他的棒球帽，春風滿面的走出公司。

溫日晚可樂極了，甚至開始思索明天該穿什麼衣服，直到梁斯望在另一頭又喚了幾聲她才傻笑著趕緊回應他。只是，隔天他們並沒有履行約定，而是去了意料之外的醫院。

早上，一通電話劃破清晨的悠靜，正準備出門的梁斯望掏出手機，頓時間他腦中的運行彷彿停頓了，遲遲過了五秒之久才按下通話。

這串號碼已經躺在他的手機裡好久好久了，而此刻，睽違了無數日子終於再度掀塵亮起——

「世莓醒了。」羅森說。

梁斯望與溫日晚快馬加鞭前往宋世莓所在的醫院。一路上，他倆的手緊緊相牽，彷彿像是在告訴彼此：放心，我在這裡。

當他們抵達病房時，羅森已經站在那裡等待他們。

「伯父、伯母在裡面。」走廊上，羅森輕聲道，語氣平緩溫和，眼眶浮著淺淺薄紅。

梁斯望透過小窗望去，宋母側坐在病床上抱著宋世莓哭得泣不成聲，宋父也搭著女兒的肩，抿著唇，頻頻拭淚，褪去平時道貌岸然的嚴肅，取代的是感激與慶幸，而宋世莓雖臉色生許蒼白，眼眸卻水汪得生動，在父母的懷抱下又哭又笑。

羅森坐上長廊的塑膠椅，「我一接到伯母的電話後就趕過來了。院方說這幾乎可以稱之為奇蹟，幸好我們一直沒有放棄她。剛才醫師有再過來例行檢查，沒什麼大礙，一切正常，只是身體很虛弱，還有後續的復健路程可能會花上好一段時間。」

梁斯望深深地吐出一口氣，像是要把這些日子以來不斷侵蝕他的那些痛苦憂傷一掃而空。「那就好、那就好……」

羅森也重重的嘆息，「只要她醒來，什麼都好。」

「羅森。」緩和下內心的波浮後，梁斯望喚聲，眼底透著感激：「謝謝你願意通知我。」

「我想，我欠你一句對不起。」默然半晌，羅森沒有回應他的道謝，反而對上他的視線，語帶愧疚。「梁斯望，這段日子以來對你的種種行為和態度……對不起。」

其實，一直以來，羅森是明白事情真相的，雖然事發當下他的確曾有那麼一刻誤會了梁斯望，但正因為他太過瞭解梁斯望，所以也就止於那一秒了。只是，因為一切來得太快、太急促、太痛徹心扉，使得當時的他無膽面對，甚至覺得他的世界已然崩塌，他崩潰崩裂，隨著血液蔓延至全身那股失去愛人的悲痛無處發洩，自責與愧疚一併侵蝕了他的理智，最後，在不知不覺之間將一切的錯都讓同樣悲痛的梁斯望承擔。

梁斯望接受了他的道歉，不發一語的微微勾起嘴角，羅森一眼就明瞭，昔日的默契終於捲土重來。

一個小時後，宋父與宋母必須得回家一趟拿取換洗衣物與簡單備品，因此便委託羅森等人留在醫院照顧宋世莓。

「不進去和她說說話嗎？」溫日晚凝視著梁斯望的側顏，她知道他已經等待這一刻好久好久了，他該有多思念宋世莓，她一直都知曉。

只是現在的梁斯望卻一動也不動，彷彿在猶豫著些什麼。

「我怕。」他說：「我怕世莓還在生我的氣，我怕她不想見到我。」

溫日晚將原本相握的手掌抽開，梁斯望徒然一愣，隨後她雙手一把捧住他的雙頰，施些力道故意擠了擠，杏眸澄澈且真誠：「答案就在那扇門後，你不走進去，怎麼會知道？而且你相信我，她會想見到你的。」被溫日晚的話語鼓勵，梁斯望微笑點頭，決定要親自去揭曉這道謎團的答案。

「你先進去吧。」而當他經過羅森時，羅森對他如此說道，模樣與那些藏在歲月寶盒中的畫面重疊。

翻開青春時光的某一頁，放學後擔任值日生的羅森肩上架著一根掃把，接著對梁斯望大喊「你先去佔籃球場」，而梁斯望早已將籃球從桌底抄起衝出教室，兩人之間的默契無需言語。

「好。」

走進病房，梁斯望在與宋世莓對上視線的那一瞬間，她哭了，淚滴無聲自眼角墜落。

她放聲大哭，斗大淚珠一顆顆跌躺至病服，渲染成一朵朵透明小花，最後，她在梁斯望的安撫下漸漸停止哭泣。然後，宋世莓露出一張許久不見的笑容，彷彿按下重新開機的按鍵，一切將重新開始。

「斯望，好久不見。」宋世莓說。

一瞬間，梁斯望覺得自己的胸口好似有些什麼正在膨脹，然後砰地一聲炸開，片片回憶飛舞成一團，將那些裂痕小心翼翼地一一填補。睽違了上千個晝夜，他終於再次聽見她的聲音。

「妳還好嗎？」他坐上床邊的椅子。

指尖摩娑著腿上的毛毯，她蒼白的唇彎成淺淺弧形，「雖然感覺有點使不上力，也是，畢竟我都睡這麼久了。」

「醫生說只要好好復健，一定可以恢復成原本的樣子。」

「我知道。」宋世莓點點頭，接著兩人便都不再開口。

宋世莓看著梁斯望，神情欲言又止，直到幾秒鐘後才緩緩啟口：「對不起，那天在頂樓的時候……我太過衝動、太不理智，結果對你說了很多過分的話，其實當時我就知道學長要跟我分手這件事情根本跟你毫無關聯，我自己也心知肚明……只是不願意承認一切都是我自己的錯罷了。」

梁斯望聽著，鼻腔有些酸澀。

宋世莓的表情寫滿歉然，打從心底對他感到萬分愧疚：「還有，當時的我一心一意只想要死，你明明拚了命的救我可是我卻還是不願意抓住你……對不起。」

她永遠也忘不了。

當她一躍而下之際，梁斯望拚了命抓住她的手，死命地想要拯救她。可她卻將他的犧牲與悲傷一概忽略，甚至壓根兒不在乎梁斯望如此捨身救她，卻遺忘了或許一個不小心連他自己也會喪失性命。

她還記得那天是一個風和日麗的日子，萬里無雲，但當她懸在半空中拚命想掙脫梁斯望時，卻突然感覺有滴雨水落在她的臉頰上，她以為下雨了，直到下一秒才意識到，原來那不是雨滴……

而是梁斯望的眼淚。

「我做了一個夢，這個夢好長好長、好久好久……夢境裡的我獨自一人待在一片杳無人煙的死白中，我坐在一扇門前，門是打開的，門外很明亮，好像一座世外桃源，那裡有我的家人、我的朋友，還有羅森，還有你。我明明很害怕可是卻死死不肯離開，就像是在逃避。」

宋世莓低眸，耳鬢碎髮遮住了她的表情，她輕聲喃道，猶如只是在說一個童話故事。

「但後來我越來越寂寞、越來越痛苦，然後我站起身，看著門外的你們，突然之間我好像有種豁然開朗的感覺……有道聲音告訴我，明明我的家人都在那裡，而且你和羅森也在，我為什麼還要一個人留在這裡？我愛的人以及愛我的人全都在前面等我，所以……我決定了，我要走出去。」

堅決的細語隨著點滴聲輕輕落下，宋世莓抬起頭，揚起一張笑顏，這一刻，自她身周彷若飄盪著一股柔柔淡淡的香草芬氣。這不是夢，也不是幻覺，是真真實實的現實。梁斯望如此告訴自己，他好想好想感謝老天爺，謝謝祂讓宋世莓醒過來了……

「世莓，謝謝妳回來了。」梁斯望說著，如釋負重，他唇角彎起，心頭滿是感激。

良久，羅森也進入病房。三個人有說有笑，甚至羅森最後再也壓抑不住自己的情緒，相識至今第一次在宋世莓的面前落下男兒淚。

溫日晚看著此景，忍不住笑了。她為眼前相擁的三人感到高興，由衷的期盼此刻畫面能永永遠遠。

而，溫日晚也深深感謝老天爺，感謝老天爺終於讓他的靈魂從沉睡中甦醒。

他終於不再獨自一人被困於了無生機的荒蕪大地，隨著撥雲見日，天邊的日陽恣意曬下一片光輝，乾涸的大地澆灌雨水，綠意遍布，枝枒綻放，草木繁茂，艷花齊開。

後來，梁斯望將空間留給羅森與宋世莓，只是走出病房後卻沒見著溫日晚。

他左右張望，下一秒，溫日晚的身影從拇指般的大小逐漸朝他走近。

他的心頭滿溢著希望與溫暖，走向那個一直以來都朝她張開雙臂的人、那個他深愛著的女孩。

溫日晚一把抱住他，梁斯望低眸凝視著懷中人兒，眼眸盈滿寵愛，溫潤低音猶如交響樂般在她耳畔奏鳴：「日晚，妳跑去哪裡？」

「你沒吃早餐，我就想說買個茶葉蛋給你先墊墊胃。」溫日晚笑眼瞇瞇。

「走吧，我們去遊樂園，現在趕過去還來得及。」

「現在？可是伯父伯母說——」

「羅森會在這裡陪她，沒事的，況且世莓也需要休息，晚一點再來看她吧。」他說著，「妳願意陪我嗎？」

「當然，我不是從好久以前就跟你說過了嗎？不過……去遊樂園之前我能不能吃點東西？」

「妳剛才不是去超商嗎？」

「我只想到你，結果忘記買自己的份了。」

「溫日晚妳真的是……」

「好想吃漢堡喔，還有薯條，想到都餓了。」

「好！走吧，我們去吃早餐。」

# Chapter 12 最幸福的人

時間一步一腳印朝未知的未來邁進，初春、盛夏、涼秋、寒冬……

大學畢業後，溫日晚為自己的夢想總算跨出第一大步，她開設了一間結合花店與咖啡廳的小店鋪。一樓是布滿乾燥花的咖啡廳，二樓則是空中花園，不僅能拍照留念更是能一邊眺望都市風貌一邊享用美食，而整棟裝潢是走一個繽紛自在的簡約風格，能讓顧客在花草的圍繞之下放鬆心情品嘗咖啡與糕點。

剛開幕不久就在網路上爆紅，許多民眾慕名而來，為的就是要朝聖這家花草咖啡廳，且紛紛讚賞不僅食物好吃咖啡好喝裝潢更是好拍，殺了千百張底片都還嫌不夠，彷彿令人有種走進了花草世界的夢幻錯覺。

「歡迎光臨——」玻璃大門被推開，腰間圍著深咖圍裙的溫日晚趕緊從吧檯探出頭招呼。一見來人是頭號顧客，她笑容滿面，倒了杯玫瑰花茶遞給他。

「今天比較慢喔。」她托著腮。

「世莓賴床，復健的進度有些耽擱所以遲了些。」羅森淺啜了口玫瑰花茶，笑道。「然後，今天還是一樣。」

「藍莓司康、水果塔、覆盆子丹麥派，還有綜合香草茶……」

「噢，再加一個千層蛋糕跟薄荷茶，薄荷茶是我要喝的。」他又補充。「妳家的千層蛋糕究竟是放了什麼迷藥，世莓只喜歡吃妳們做的，我出發前還一直提醒我要記得買。」

「那下次我再問問我家師傅到底是偷加了什麼。」溫日晚從冷藏櫥窗中夾了幾顆精緻可口的巧克力然後依序裝進小禮盒中，「這些幫我送給世莓，她上次說很好吃的巧克力我放了兩個。」

「好，她會很高興的。」

無論是昏迷不醒的痛苦時分，或是終於甦醒過後的復健之路，羅森自始至終都陪伴在宋世莓的身邊，一步也不曾離開過，始終留在原地。

羅森對她的心意從來就不曾改變過，這些日子以來的種種點滴宋世莓也全都記在心裡，她非常感動，卻也不免對他感到愧疚，因為她不明白自己究竟是哪一點好到值得他如此愛著她。

只是羅森依然維持一貫的熟悉笑容，這一切，他都心甘情願。

宋世莓雙手撐著軟布欄杆努力地一步一步踏出心血，突然之間一個不穩，她不小心跌趴在地上，咬著牙，她不投降，再次爬起身。

「加油！」此時，一股力量輕輕支撐住她搖搖欲墜的身子，羅森讓宋世莓搭住自己的肩膀，她的眼角噙著淚，兩人合心協力。

「我、我做到了！」站起來的那一瞬間，宋世莓開心極了，興奮地側過頭，她發現羅森的臉顏流淌的是與她相同的喜悅。

這一刻，宋世莓覺得羅森肯定是上天派來的天使，怦然一跳。他張著一雙羽翼，帶著強大的力量保護她的世界。

她發誓，她必定會好好珍惜這份幸福。

曾經，他為了摯友而衝動放棄了自己，而此刻，羅森說什麼也不會再放棄了。

他決定，這一次，他要為了自己而愛。

秋季時分，喧騰的城市被夜色覆蓋。巷弄內的日本料理店中傳來陣陣熱鬧，溫日晚、沈眠以及顧爵在角落的桌位，褪去一整天工作堆積的疲憊，彷若又回到學生時期的那些夜晚，有說有笑的吃著美食。

「……喂？太娜姊……好，那我明天早上再跟朴先生聯絡。」沈眠原先的黑長髮換上知性的深褐長捲髮，她在略為吵雜的環境中稍微摀住話筒：「喔、對啊，現在跟朋友在吃飯……嗯，那就這樣，拜拜。」

沈眠在一間彩妝工作室上班，老闆是相當年輕就一手創業的女性，雖起步前也曾遭逢各種困難與挑戰，但最後她都撐下來了，如今，已經做出了好口碑，雖然忙碌但沈眠卻覺得充實。

但顧爵的情況就不同了，他現在在一間科技公司擔任朝五晚九的上班族，作息規律正常，薪資也優渥，但他卻對這樣的生活逐漸感到疲倦麻木。

顧爵將西裝外套脫下隨意擱在公事包上，扯了扯領帶，將鮪魚壽司一口塞進嘴裡，又拾起生啤酒灌進一半，嘆氣：「每天早上一睜開眼就是跟昨天一模一樣的生活，我快悶死了……」

「顧爵，你該知足了。」溫日晚舀起一口茶碗蒸。

「妳這一天到晚都活在粉紅泡泡裡的人沒資格說我。」顧爵白了她一眼，每次約出來聚會這對情侶總是在放閃，都不會體諒一下旁邊的單身狗。汪汪，嗚嗚……

「我哪有！」溫日晚有些羞窘，她每天也很忙耶，忙到都沒時間跟梁斯望見面，嗯……不過正巧店面與經紀公司的距離不算太遠，所以偶爾梁斯望會趁著空檔偷偷到店裡啦。

「我看你應該是生活中少了點刺激吧。」沈眂托著腮涼涼的說，捻起一根雞肉串。

「沒錯，就是缺少了那麼一點愛情的火花。」顧爵彈了個響指，一對桃花眼揪著對面的沈眂。

「幹麼？」她被盯得有些不自在，莫名其妙的反問。

「妳明明就瞭。」

「我哪知道你要說什麼。」沈眂閃過幾絲僵硬與尷尬，她傲嬌的別過眼。

「沈眂，我是認真的。」顧爵揮去嘻皮笑臉，臉顏盡是正經。

溫日晚左看右看，馬上就意識到這兩個人之間蔓延著的氣息有那麼點不尋常，彷彿隨時會擦撞出一道閃光，肯定不對勁，而此時口袋的手機震動了下，於是她便隨口說聲梁斯望迷路了就離開，留下空間給顧爵與沈眂獨處。

然後推開門簾時，溫日晚似乎在杯盤清脆聲響中依稀聽見了沈眂的聲音，她說：「我考慮考慮。」

走出店外，溫日晚四處張望了下，最後在人群中看見梁斯望的背影，閃閃發亮，讓她一眼就捉到。

彼此之間的心電感應在作祟，梁斯望猛然就轉過身，然後筆直朝溫日晚走近，即便途中不時被民眾認出是他最近那個發行了第二張專輯，並且空降各大音樂排行榜冠軍的超人氣創作歌手。

「好慢，你遲到了，全世界都在等你一個。」溫日晚一把抱住梁斯望，撒嬌道。

「妳就是我的全世界啊。」梁斯望曲起食指輕扣了下她的額頭，眼眸滿是寵愛，磁性低語彈撥她的心弦。

「這些話你到底在哪裡學的啊？」

「一看到妳就會了。」

聞言，溫日晚的臉頰飛過一抹紅暈：「走、走吧，沈賑跟顧爵在等我們了。」

「等等。」他突然圈住她的手腕，接著從身後拿出一束紅玫瑰，他笑眼彎起：「日晚，送妳。」

「哇……太美了吧！今天是什麼特別的日子嗎？幹麼忽然送我？」溫日晚接過，瞇起眼懷疑地盯著梁斯望瞧，小臉卻藏不住濃濃感動。

梁斯望捏捏她的臉頰：「送禮物給最愛的女人應該不需要什麼特別的理由吧，今天不是什麼日子，可是只要有妳，即使平凡，每一天都是特別的日子。」

後來，兩個人十指緊扣手牽著手漫步在城市街道，他們談天、談地，什麼都聊，說著公司正準備開始籌畫出道以來第一次的個人演唱會，他很緊張，深怕自己表現得不好，可是卻又期待著，更想努力把自己堅持的音樂做好；說著今天傍晚那隻小橘貓又跑到店門口玩耍了，也一樣乖乖地把他們刻意準備的貓罐頭吃得一乾二淨，大夥兒再度討論了下，這一回終於鄭重宣布要將這隻流浪街頭的小橘貓收養，讓牠成為花草咖啡廳的店貓！

日本料理店就在對面，他們在馬路邊等待綠燈亮起時，溫日晚忽然叫了他。

「梁斯望。」

「嗯？」

「今天有件很特別的事。」

「什麼事？」

「特別想你。」

溫日晚說完後自己還害羞得用手掌把自己的臉遮起來，梁斯望被她這副鬼靈精怪的可愛舉動給逗笑，忍不住伸掌弄亂她的頭髮，心頭更是一陣甜蜜。

隔天，梁斯望與溫日晚一同到了崔之花都，這突如其來的造訪也讓崔爺爺與崔奶奶嚇了一跳，簡直是這個秋天裡最棒的驚喜。

陽光普照，暖風輕拂，在風和日麗的午後，溫日晚與梁斯望悠閒漫步在這綠油油的田野間，兩人相依偎的畫面猶如此刻的日光，燦爛又溫暖。

「日晚，妳知道在像今天這樣好天氣裡最適合做什麼嗎？」

「做什麼？」

「和某個人約會。」

梁斯望朝她露出一張笑臉，溫日晚被撩到白嫩嫩的臉頰又是一熱。

「你、你別再笑了。」

「為什麼？」

「因為……我怕我的心臟會受不了！」

瞧溫日晚這逗趣的反應，反而讓梁斯望的心臟才要發起革命。他雙手捧住她的臉蛋，輕輕往上托，然後傾身吻住她的唇，溫柔霸道地輾轉印壓，在這片金燦燦的暖光下，她的心臟真的要舉手投降了。

深夜，遼闊無邊的夜空彷彿能容下全世界的喜怒哀樂，璀璨的小星星一閃一閃，月光輕曬，將遍地花朵都染上清晰卻又朦朧的繽紛。溫日晚與梁斯望手牽著手躺在玫瑰花海中，看著眼前的浩瀚宇宙。

「我有個願望，你願意聽我說嗎？」她側頭，對上他那深邃的眼睛。

「當然，妳要說多久我都聽。」

「我想……以後我們可以領養流浪貓狗，讓牠們有個家，然後，我想謝謝你，謝謝你讓我陪在你身邊，也謝謝你一直陪在我身邊。」溫日晚甜甜一笑。

溫日晚打從心底感謝著，謝謝梁斯望走入她的生命，為她的生活綻放了無數朵美麗浪漫的玫瑰。

「溫日晚，妳知道嗎，能和妳相遇，可以與妳一起生活，我覺得我是這世界上最幸福的人，我愛妳。」

梁斯望看著她，那張再熟悉不過的笑臉幾乎快讓她的鼻血控制不住，澄澈眼眸彷彿聚集了億萬溫柔。這一刻，溫日晚依舊被他的嘴甜給打敗，心又融化了。

然後，她說……「笑臉貓，我愛你。」

（全文完）

# 番外一
# 月亮與星星的城市

夜空閃爍，城市中瀰漫一陣冷。

將泡沫沖淨後，溫日晚把盤子放上盤架等待瀝乾，她的指尖被水凍得有些發紅，在冬天裡洗碗簡直是一種小折磨。

「好冷。」溫日晚搓了搓掌心，打算等會兒泡杯熱奶茶溫暖一下。

此時，浴室門被推開，梁斯望從一團白霧中走出，周圍飄著若有似無的熱氣，他的脖子圍著毛巾，整個人就像一個行走的暖暖包。他邊擦拭濕髮邊走到客廳將電視機打開，正播報著法國旅遊的專題介紹。

「日晚，等這次的演唱會結束後，我們一起去法國旅行吧。」梁斯望提議。

他記得很清楚，溫日晚已經說過不下上萬遍她好想好想去法國，前陣子也開始自學法文。

由於工作繁忙，他們兩人已經好久沒有出遠門了，頂多就是趁著難得空檔在國內玩個一日遊，雖然只要能跟她在一起即便只是在附近的超市逛逛也覺得幸福，但，他還是想與她一起走遍世界各地，製造更多更多屬於他們的回憶。

「好啊，那我從現在開始就要找資料了。」溫日晚回答，卻躡手躡腳地悄悄靠近他身後。

「妳想去哪些地方？」

此時，新聞又播報到有一搜太空梭即將進行升空，梁斯望很認真地看，絲毫沒發現有個帶著詭異微笑面具的人兒正一步一步朝他走近。

「艾菲爾鐵塔、羅浮宮、莎士比亞書店、龐畢度中心、盧森堡公園……」

話語進行間，溫日晚狠狠將那雙冰冷的手緊緊貼上他溫暖的腹部。下一秒，驚天地泣鬼神的慘叫聲貫穿了這寧靜夜晚，甚至在宇宙中無聲的爆炸。

「溫……日……晚——」梁斯望顫抖著牙，被冷得激起一陣雞皮疙瘩，「妳敢冰我！」

「哈哈哈哈哈！」溫日晚捧腹大笑，一臉得逞，「多虧你的肚子，讓我的手變得好——暖——喔——」

「站住，妳給我過來！」眼看兇手打算肇事逃逸，梁斯望捲起衣袖徐步走近準備逮捕。

「誰會傻傻站在原地給你抓！」

「不準跑，看我怎麼教訓妳！」

「梁斯望你手長腳長這樣對我不公平——」

之後，兩人你追我跑，開始了一場幼稚的追逐大賽，身體不自覺的也熱了起來。

後來，梁斯望纏著她向她討了一個吻，表示自己受傷的心需要一點彌補，於是溫日晚便踮起腳尖攀上他的肩，大力地啾了兩口。

午夜時分，睡神乘著星子飛來迎接，通往夢境的大門已經敞開，兩人仰躺在床上，牆邊的麋鹿小夜燈映著昏黃光暈。

一如往常，他們總會在睡前與彼此分享今日一整天發生的事，什麼都聊，就像是想要讓對方也一同經歷自己所遇見的人事物。

十次有八次都是溫日晚先被周公抓去下棋，而梁斯望便會替她蓋好棉被，在額頭留下一吻後才跟著進入夢鄉。

不過今晚，周公覺得膩了，他想要換換口味。

「然後，那位客人答應了男友的求婚，當時店裡的其他客人都一起站起來為他們鼓掌。對了，後來晚上參加的活動真的很有趣，會場布置得像星光大道……你累了嗎？」溫日晚滔滔不絕的分享，杏眸一閃一閃，彷彿藏著那浩瀚宇宙。

溫日晚注意到身旁男子的眼皮似乎快要闔上，她輕問。此時又想起梁斯望這陣子開始投入電影的拍攝，經常凌晨就駕車出門工作去了，於是她便體貼地說：「睡吧，明天你不是還要早起嗎？藝人是不能有黑眼圈的喔。」

聞聲，梁斯望側過身，枕著自己的右手臂，與身旁的女子相互對望，一雙眼眸很溫柔，語氣有些孩子氣，像隻愛撒嬌的貓咪。

「跟我說，我想聽。」

「好吧。」溫日晚也同樣側過身，枕著自己的左手臂，她開始娓娓道來。

然而聽著聽著，猶如她的聲音是一首月光詠唱的搖籃曲，他的意識又漸漸被瞌睡蟲吞噬，甚至周公也很不識相的跑來當電燈泡想要阻撓他們。

「那位設計師旅居巴黎多年，去年才回國，她長得很美，簡直就像從時尚影集走出來一樣，後來……」至此，她噤聲。

半夢半醒間搖籃曲停止了，梁斯望迷迷糊糊的睜開眼，「……後來呢？」

「她說有機會的話希望可以合作，最後大家還一起拍了張大合照。」

只是幾秒後，與方才相同的畫面又再一次發生。

「想睡了？」

「沒有，妳繼續說，我想聽。」他的大手撫上她的臉頰，神情溫暖得如落地窗外的月亮。

「她說有機會的話希望可以合作，最後大家還一起拍了張大合照。」

「奇怪，這句話怎麼剛剛才聽過……」

「咦，有嗎？」溫日晚被他想抗拒睡意的倔強模樣忍不住給逗笑。

結果到最後，梁斯望真的睡著了。

溫日晚盯著他的睡臉，心地踏實，平凡且幸福。

她感謝老天爺讓她遇見梁斯望，這個像是一隻笑臉貓的男人。

「斯望，晚安。」

# 番外二
# 慢半拍的心跳

歷經了堪比一世紀的漫長時間，沈眠終於接受顧爵的追求，顧爵高興得像是被女王加冕了騎士勳章般，同事還以為他是不是成了大富翁。

倒是沈眠依然一如往常，沒什麼太多的情緒起伏，猶如這一切她早已透過水晶球占卜而預料到。

只是，在從「好友」晉升變成「戀人」之後，偶爾、偶爾、偶爾，她的心裡一直有抹怪異騷擾著她。

後來，沈眠終於明瞭這異樣的感覺為何物，它的真面目是一個問號。

有時候她看著顧爵的身影，她開始自我懷疑。

她的選擇是真心的嗎？會不會只是因為習慣了有他，又或著是……

第一次約會，顧爵載她到陽明山看夜景。

那天的氣候舒爽，夏日的蟬此起彼落的爭吵，他們坐在長椅上，望著一片城市光景，與頭頂上的星夜相互輝映，那夜空巨大得彷彿隨時都會崩塌落下。

「有蚊子。」沈眠低頭朝腳邊望去，接著啪地一聲用力拍上自己的小腿，可惜空手而歸，早知道今天就不要穿裙了。

「山上的蚊子特別凶，被叮到可是很癢的。」顧爵將身上的防風夾克蓋到沈眠的腿上，又從車廂掏出防蚊噴霧，在半空中噴了噴。「別打這麼大力，皮膚都紅了，這樣我會……」

「你是要說你會心疼嗎？」

他一愣，隨後咧嘴一笑，很坦率的回答：「當然。」

「噁心。」

「哪裡噁心，這叫貼心好嗎？」

「是是，你說的都對。」沈眽故意敷衍他，但還是把腿上的防風夾克緊了緊。

第二次約會，他們兩人一起搭火車到新竹內灣的愛情故事館。這裡是知名的拍照打卡聖地，更是不少新人拍攝婚紗照時的口袋名單，處處皆圍繞著愛情的元素，相當符合它的名字。

午後的天空有些灰濛，空氣中飄盪著一股雨的氣味，與土壤的味道交纏融合。

兩人到處殺了不少底片，拍了許多合照，最後他們走到一處貨櫃屋，沈眽心血來潮說想要更換社群軟體的大頭貼，於是她便請顧爵擔任攝影師，替她拍張美美的照片。

可惜顧爵的腦袋沒有安裝女孩子對於構圖的美感，他雖模樣專業，還拍了好幾十張，結果沈眽滿心期待，卻發現他把她拍得像是跟偉人雕像拍照的傻瓜觀光客。

「吼，你真的拍得很爛欸。」沈眽一邊碎念一邊將螢幕放大仔細審視，她怒吼：「我的腿才沒這麼短！」

「寶貝別生氣，我只是想把妳最真實的一面拍出來。」

沈眽一聽更氣了，朝他揍了好幾拳，「顧爵！你討打——」

第八次約會，沈眽與怕鬼的顧爵搭捷運到松山文創園區，最近這裡有個恐怖密室逃脫，沈眽自前陣子開始對這個相當熱衷，而她知道顧爵怕鬼，所以便跟他說這次她自己去，他在外面等她就好。

豈料顧爵忽然挺直腰桿，將筷子擱下，正色拒絕：「不行。」

「為什麼？」沈眂咬了口酥脆焦黃的煎餃，「還是你不放心的話，我可以另外找朋友……」

顧爵雖對這類事物十分畏懼，但為了在女友面前保持英勇的男子漢形象，他即使硬著頭皮也要很勇敢地說：「不用另外找朋友，這裡就有個現成的男朋友陪妳去了！我們明天就去！」

結果後來，沈眂玩得不亦樂乎，甚至直嚷嚷著明天再來一次；顧爵玩得欲哭無淚，小心臟不曉得已經升天幾百次了。

沈眂與顧爵交往時的相處模式與還沒交往時的相處模式一模一樣，他們鬥嘴、他們吵架、他們大笑、他們——

可是，沈眂發現似乎好像少了一點什麼，是什麼呢？她說不出個所以然。

《神隱少女》裡有段台詞是這樣的：「曾經發生的事不可能忘記，只是暫時想不起來而已。」雖然有點牽強，但是她覺得，或許她的疑問也能以這段台詞來形容。

晚間六點，沈眂與顧爵不曉得晚餐該吃什麼於是便決定到美食琳瑯滿目的夜市祭拜五臟廟。吃飽喝足後，他們分別提了幾袋香噴噴的小吃打算拿來當宵夜，晚一點能邊吃邊配著籃球比賽轉播。

今晚的暑氣特別沸騰，夜幕雖降下，但溫度卻無動於衷。

沈眂很怕熱，所以離開夜市時她買了一支巧克力冰淇淋，希望多少能消消暑。

可是天氣太過炎熱，她才嚐了幾口，冰淇淋就開始融化了。

「看吧，我就說會融化。」顧爵戴上安全帽，坐上機車。

「好啦好啦，你是先知，你最棒棒。」沈眽滿臉無奈，忍住想揍他的衝勁。「好熱喔，我快受不了了，快回家吧。」她顧不得手裡的冰淇淋搖搖欲墜，神情專注的開始嘗試用一隻手扣上安全帽扣環。

「等妳扣完就十二點了，把頭抬高。」實在看不下去的顧爵突然一個霸氣將她拉近，然後一個眨眼的時間就將扣環扣起，還貼心地把沾染在她唇邊的巧克力冰淇淋用指腹抹去。

「好甜。」顧爵評語。

「廢話，因為它是巧克力冰淇淋啊。」

「好啦，快上來，我們回家了。」顧爵拍拍後座，示意她趕緊上坐。

「……喔。」

沈眽三口併兩口將巧克力冰淇淋吃掉，然後腿一跨坐上，緊緊抱住顧爵，手指還很不安分的偷偷捏了下他的肚子肉。

這一瞬間，那些騷擾她的異樣感都隨著呼嘯而過的風兒一同消失不見了。

在沈眽心裡，那一頭小鹿幾乎快要把自己撞得頭破血流。

原來，心動一直都在，只是她慢了半拍才發現。

# 後記

嗨，我是終燦。

很高興能再次與你們見面。謝謝每一位喜歡《沉睡的笑臉貓》的讀者，謝謝每一位在網路連載時給我鼓勵的朋友，感謝出版社，感謝親切的編輯姊姊，以及……謝謝此時此刻正翻閱著這本書的，你。❤

溫日晚這個女孩很好，她好到都忘了要對自己好，有時甚至好到變成了所謂的爛好人，而其實最大的問題就像是沈眽說的，她不懂得拒絕他人。對別人好絕對不是什麼錯誤，但如果不懂得適度拒絕反而會變成最可怕的錯誤。

很多事情總說得容易做得難，偶爾也是人的惰性，嘴上承諾結果到頭來卻什麼也沒做到，這一點我也一樣，但沒關係，至少可以一點一滴慢慢嘗試，人生還長著，把握當下就好，只要你願意去行動，種子總有一天會開花結果的。

梁斯望是像隻貓一樣神祕又可愛的男人，好玩的是，從最初的打稿開始他在我心目中的模樣就是韓國藝人朴燦烈的樣子，人設形象就是他。（羞）

人是堅強卻脆弱的，堅強時彷彿千萬顆隕石襲來都能穩穩擋住，脆弱時縱然只是一顆渺小砂礫都足夠將整個世界震碎。

宋世莓她可惡也可憐，命運捉弄下她在錯的時間愛上了錯的人。其實一部分是她自己活該，她站在好與壞的交叉口卻選擇了錯誤，另一部分則是那些批評謾罵的人們，明明素未謀面卻好像有多麼瞭解對方，說白了，就只是抱持著看熱鬧的八卦心態罷了。

人言可畏，即使無心或是有意。我覺得言語的力量很強大，它可以是療癒人心的奇蹟藥水，同時它也可以是一把尖銳陰森的刀刃。

愛與陪伴是相輔相成的。

梁斯望讓她知道在愛人前更要懂得愛自己，而溫日晚的陪伴讓他的世界不再虛無荒涼，終於春暖花開。

溫日晚跟羅森這兩人有些相似的地方，他們都曾為了摯友而將自己的感情果斷埋藏，他們都無怨無悔的陪伴在自己所愛的人身旁。

關於溫日晚與沈眠，我很喜歡她們這對好朋友，女孩子總比男孩子更加細膩，再何況是一對要好的朋友，愛上同個人這種事情不算少見，畢竟大家都生活在同樣的生活圈，我自己也曾有過這種經驗，但就像沈眠與顧爵說的，喜歡了就是喜歡了。

所有的愛都值得尊重被珍惜，不分性別、不分貴賤、不分種族，這世界如此遼闊，人口超過七十億，要遇到相愛的人不容易，既然遇到了就該好好牽緊對方的手。

然後，故事中特別帶進法國，其實這是我的小私心，因為我實在太嚮往了，大概在我的夢想國家排行榜前三名。XD

盧廣仲在金曲獎得獎時曾說過這麼一段話：「在寫詞這條路上，我覺得最浪漫的狀態是，很剛好我喜歡的你也喜歡。」

我非常喜歡這段話，因此我想引用他的話，我想說：「在寫故事這條路上，我覺得最幸福的狀態就是，很剛好我喜歡的你也喜歡。」

謝謝你們陪著我以及他們一起走到了這裡。

希望，未來還能與你們相見，真心期盼。

Love you all!

Mua❤

要青春46 PG2206

要有光 FIAT LUX

# 沉睡的笑臉貓

| | |
|---|---|
| 作　　者 | 終　燦 |
| 責任編輯 | 鄭夏華 |
| 圖文排版 | 林宛榆 |
| 封面設計 | 楊廣榕 |

| | |
|---|---|
| 出版策劃 | 要有光 |
| 發 行 人 | 宋政坤 |
| 法律顧問 | 毛國樑　律師 |
| 印製發行 | 秀威資訊科技股份有限公司<br>114台北市內湖區瑞光路76巷65號1樓<br>電話：+886-2-2796-3638　傳真：+886-2-2796-1377<br>http://www.showwe.com.tw |
| 劃撥帳號 | 19563868　戶名：秀威資訊科技股份有限公司<br>讀者服務信箱：service@showwe.com.tw |
| 展售門市 | 國家書店（松江門市）<br>104台北市中山區松江路209號1樓<br>電話：+886-2-2518-0207　傳真：+886-2-2518-0778 |
| 網路訂購 | 秀威網路書店：https://store.showwe.tw<br>國家網路書店：https://www.govbooks.com.tw |
| 總 經 銷 | 聯合發行股份有限公司<br>231新北市新店區寶橋路235巷6弄6號4F<br>電話：+886-2-2917-8022　傳真：+886-2-2915-6275 |

| | |
|---|---|
| 出版日期 | 2019年5月　BOD一版 |
| 定　　價 | 330元 |



**Printed in Taiwan**

國家圖書館出版品預行編目

沉睡的笑臉貓 / 終燦著. -- 一版. -- 臺北市 :
要有光, 2019.05
面； 公分. -- (要青春 ; 46)
BOD版
ISBN 978-986-6992-13-1(平裝)

857.7 108005812

# 讀者回函卡

感謝您購買本書，為提升服務品質，請填妥以下資料，將讀者回函卡直接寄回或傳真本公司，收到您的寶貴意見後，我們會收藏記錄及檢討，謝謝！
如您需要了解本公司最新出版書目、購書優惠或企劃活動，歡迎您上網查詢或下載相關資料：http:// www.showwe.com.tw

您購買的書名：＿＿＿＿＿＿＿＿＿＿＿＿＿＿＿＿

出生日期：＿＿＿＿年＿＿＿＿月＿＿＿＿日

學歷：□高中（含）以下　□大專　□研究所（含）以上

職業：□製造業　□金融業　□資訊業　□軍警　□傳播業　□自由業
□服務業　□公務員　□教職　□學生　□家管　□其它＿＿＿

購書地點：□網路書店　□實體書店　□書展　□郵購　□贈閱　□其他

您從何得知本書的消息？
□網路書店　□實體書店　□網路搜尋　□電子報　□書訊　□雜誌
□傳播媒體　□親友推薦　□網站推薦　□部落格　□其他＿＿＿

您對本書的評價：（請填代號　1.非常滿意　2.滿意　3.尚可　4.再改進）
封面設計＿＿　版面編排＿＿　內容＿＿　文／譯筆＿＿　價格＿＿

讀完書後您覺得：
□很有收穫　□有收穫　□收穫不多　□沒收穫

對我們的建議：＿＿＿＿＿＿＿＿＿＿＿＿＿＿＿＿

＿＿＿＿＿＿＿＿＿＿＿＿＿＿＿＿＿＿＿＿＿＿

＿＿＿＿＿＿＿＿＿＿＿＿＿＿＿＿＿＿＿＿＿＿

＿＿＿＿＿＿＿＿＿＿＿＿＿＿＿＿＿＿＿＿＿＿

請貼
郵票

11466
台北市內湖區瑞光路 76 巷 65 號 1 樓
**秀威資訊科技股份有限公司** 收
BOD 數位出版事業部

(請沿線對折寄回，謝謝！)

姓　　名：________________ 年齡：________ 性別：□女　□男

郵遞區號：□□□□□

地　　址：________________________________________

聯絡電話：(日) ________________ (夜) ________________

E-mail：________________________________________